U0164862

如何避免成為一個油膩的中年猥瑣男?

馮唐 著

目錄

關於成就：成功十要素

關於愛情：愛情如何對抗時間

關於自我：佛界易入，魔界難入

攝影師：黎曉亮

關於成就
成功十要素

當我彌留之間
我充滿貪念

所有劃痕消失
古物簇新的影子

所有數學考試
我滿分走出教室

所有佛經闡釋
行間沒一個情字

所有姑娘回來
全是最初的姿勢

所有酒精聚齊
不過幾千瓶的樣子

所有精液聚齊
不過一暖瓶的樣子

所有石頭開花
如果沒有花草我靠甚麼形容她啊

所有味道終止
如果沒有味道我靠甚麼分辨世事

當我彌留之間
我充滿貪念
我淚流滿面

—— 〈當我彌留之間〉

攝影師：黎曉亮

如何避免成為一個油膩的中年猥瑣男？

更能消幾番風雨，最可憐一堆肉軀。曾幾何時，我們除了未來一無所有，我們充滿好奇，我們有使不完的力氣，我們不怕失去，我們眼裏有光，我們為中華之崛起而讀書，我們下身腫脹，我們激素吱吱作響，我們熱愛姑娘，我們萬物生長。曾幾何時，時間似乎在一夜之間，從「賴着不走」變成「從不停留」。曾幾何時，連「曾幾何時」這個詞都變得如此矯情，如果不是在特殊的抒情場合，再也不好意思從詞庫裏調出來使用，連排比這種修辭都變得如此二逼，不僅寫詩歌和小說時絕不使用，寫雜文時偶爾用了也要斟酌許久。

不可避免的事兒是，一夜之間，活着活着就老了，我們老成了中年。在少年時代，我們看書，我們行路，我們做事，我們請教老流氓們，我們盡量避免成為一個二逼的少年。近幾年，特別是近兩三年，周圍的一些中年人被很持續地很有節奏地拎出來吊打，主要的原因都是因為油膩。這些中年人有些是我的好朋友，有些是我認識的人，有些我耳聞了很久。他們有的是公共知識分子，有的是意見領袖，有的是相對成功的生意人。

小樓一夜聽春雨，虛窗整日看秋山。男到中年，我們也該想想，如何避免成為一個油膩的中年男？

我請教了一下周圍偶爾或經常被油膩中年男困擾的女性，反觀了一下內心，總結如下，供自省：

第一、不要成為一個胖子。如果從小不是個胖子，就要竭盡全力不要在中年成為一個胖子。中年男的油膩感首先來自體重。人到中年，新陳代謝速率下降，和少年時代同樣的運動量、同樣的熱量攝取，體重一定增加。管住嘴、邁開腿，人到中年，更重要的還是管住嘴。還要意識到，中年的體重不只是在皮下，更多是在內臟，想想這麼多年來吃的紅油火鍋和紅燒肘子就不難理解了。所以，輕度、適度鍛煉不能保證體重減少，建議考慮階段性輕斷食。我們曾經玉樹臨風，現在風狂樹殘，但是樹再殘再敗再劈柴，我們也要努力保持樹的重量不變。我們要像厭惡謊言、專制、謬誤、無趣、低俗、庸眾一樣厭惡我們的肚腩，我們要把四十歲還能穿進十八歲時候的牛仔褲當成無上榮耀。朝聞道，夕可死，朝見肚腩，夕可死。一室不掃，何以掃天下，一胖不除，何以除邪魔？如果我們覺得保持體重太難，就多想想周圍那些為了減輕體重義無反顧、萬死不辭的偉大女性們。

第二、不要停止學習。我做實習醫生的時候，聽一個心內科副教授和我們談人生，他大聲說：「三十不學藝，真老爺們兒，四十歲之後不必讀書。」在我的少年時代，這是第一次有個男人讓我體會到了濃重的中年油膩感。如今，有網絡和書，隨時隨地皆可學習。儘管北上廣深房價太貴，無房可以堆書，我們

還有 Kindle。腹有詩書氣自華，人醜、人到中年更要多學習。吹牛逼能讓我們有瞬間快感，不能改變我們對一些事情所知甚少的事實，不能代替多讀書和多學習。人腦是人體耗能最大的器官，多學習多動腦的另一個好處是幫助減肥。

第三、**不要呆着不動**。陷在沙發上看新聞，陷在酒桌上談世界大歷史和中國偉大復興，陷在床上翻新浪微博和微信朋友圈，不能讓我們遠離「三高」，不能讓我們真正偉大。四十歲以後，自然規律讓我們的激素水平下降，但是大劑量運動可以讓我們體面地抵抗這一規律。人到中年，能讓我們快樂的而且合法合規的事兒越來越少，大劑量運動是剩下不多的一個，運動之後，給你合法合規的多巴胺。如果肉身已經不能負擔大劑量運動，説走就走，去散步，去旅行，也好。

第四、**不要當眾談性（除非你是色情書作家）**。少年時胯下有猛獸，不談性不利於成長；中年後大毛怪逐漸和善而狡詐，無勇而想用，要有意識地防止它空談誤國，要樹立正確的三觀：招女生喜歡這件事其實和其他複雜一些的事情一樣，天生有就有，天生沒就沒，少年時不招女生喜歡，中年後招女生喜歡的概率為零。中年後，女生可能喜歡你的其他一切，除了你。如果心中還有不滅的火，正確的心態是，看女色如看山水，和下半身的距離遠些，相看兩不厭。需要特別注意，和山水不同的是，在徵得對方同意之前，請不要盯着女生看；即使忍不住盯着看，也不要一嘴的口水和一雙大眼睛裏全是要吃掉她的光芒。關於眼神的告誡，也適用於權、錢等其他領域。

第五、不要追憶從前（哪怕你是老將軍）。我們都是塵埃，過去的那點成就其實都談不上不朽。中年不意味着生命終結，不意味着我們只能回憶從前。糾集起最好的中學校友、最鐵的從前同事、最愛的前女友們，暢談一壺茶、兩瓶酒的從前，再尬聊，也只能證明我們了無新意。就算到了二〇二九年人類不能永生，四五十歲也不能算是生命的盡頭。積攢嘮叨從前的力氣，再創業，再創造，再戀愛，我們還能攻城略地、殺伐戰取。大到創造一個世界上沒有的產品和服務，小到寫一首直指人心的詩、養一盆菖蒲、做一本書、陪一隻貓，做我們少年時沒來得及做的事，耐心做下去。

第六、不要教育晚輩。尤其是，不要主動教導年輕女性。我們有我們的三觀，年輕人也有年輕人的三觀。我們的三觀有對的成份，年輕人的三觀也有對的成份，世界在我們不經意間一直在變化，年輕人對的成份很可能比我們的高。即使我們堅定地認為我們是對的，也要牢記孔子的教導：不憤不啟。即使交流中不能說服對方，也不要像我老媽一樣祝福其他持不同意見者早死。

第七、不要給別人添麻煩。兩年前才第一次去日本，給我印象最深的不是那些美好到偉大的食物，而是日本人骨子裏不願意給人添麻煩的態度。在高鐵車廂裏，不僅沒人不戴耳機看視頻，連打電話的都沒有。人到中年，管好自己，在經濟上、情感上、生活上不給周圍人添麻煩。

第八、不要停止購物。不要環顧四周，很衝動地說，斷捨

離，太多衣服了，車也有了，冰箱裏的吃的吃不完，實在沒甚麼想買的東西了。完全沒了慾望，失去對美好事物的貪心，生命也就沒有樂趣。一個老麥肯錫，八十多歲了還在教麥肯錫年輕的項目經理如何管理自己、管理團隊、管理事情。他偷偷告訴我保持年輕的訣竅，不能常換年輕女友了，一定要常買最新的電子產品，比如最新的電腦、最新的手機、最新版的VR女友。

第九、不要髒兮兮。少年時代的髒是不羈，中年時代的髒是真髒。一天洗個澡，一身不油光。一旦謝頂，主動在髮型上皈依我佛。買個松下的電動剃頭推子，脱光了蹲在洗手間，自己給自己剃，兩週一次，堅持一生，能省下不少時間和金錢。即使為了抵抗霧霾而留鼻毛，也要經常修剪，不要讓鼻毛長出鼻孔太多。

第十、不要鄙視和年齡無關的人類習慣。哪怕全世界都鄙視，我還是堅持鼓吹文藝，鼓吹戴手串和帶保溫杯。所有的世道變壞都是從鄙視文藝開始的，十八子、一百零八子佛珠流轉千年，十指連心，觸覺涉及人類深層幸福；保溫杯也可以不泡枸杞，也可以裝一九七一年的單桶威士忌，仗着保溫杯和賤也可以走天涯。

因為苦逼而牛逼，因為逗逼而二逼，因為裝逼而傻逼。願我們遠離油膩和猥瑣，敬愛女生，過好餘生，讓世界更美好。

油膩 2.0：比成為油膩中年更可怕的是成了油膩青年

寫油膩 1.0 那篇文章的時候，真實心境是自省：人到中年，如何避免油膩猥瑣？如何不惹人煩？如何再為世界做點貢獻？

發表的那天是在歐洲，意大利的晚上，在威尼斯大學聊完文學，時差害人，徹夜難眠，就把這篇自省文章發到個人微信公眾號上。第二天醒來，發現自己被自己的文章刷屏，被油膩中年猥瑣男一致聲討：群體中出現了一個內鬼，一個把內心真實體驗廣而告之天下的油膩老祖，操他二大爺，雖遠必誅。

其實，不僅中年，其他年紀的男人，也不比我們這些中年男不油膩多少。中年油膩有些無奈，青年油膩有些可悲。我這些年行走江湖，眼觀六路，也看到了不少油膩青年男的行跡表現。

第一，裝懂。願意裝逼不已，不願意認真學習，不能掘井及泉，只是覺得自己了不起，一張嘴就是名詞概念，再細問卻是一腦子漿糊：熱衷談論國際時政，細問當今美國總統的名字都說不全；熱衷談論投資理財，細問連回報率為何物都說不清。暫時裝逼有快感，一直裝下去就會在最好的年齡錯過真正可以

牛逼的機會。多學習，多研究，對真正熱愛之事，真正投入精力，向那些可以就防曬美白詳細説出八種不同方法的女性好好學習。

第二，着急。只記得成名趁早，不記得「夫水之積也不厚，則其負大舟也無力」。總以為水小舟大，其實是沒見過大江大海。想盡一切辦法出名，「一脱」，「一罵」，「一摔」，無所不用其極。喧囂之上的「名氣」不過是紅塵雲煙，過眼即散，誰都不會記得你。真想要千古的名聲，作家最終靠的是好文章，演員最終靠的是好演技。

第三，逐利。一切以錢為標準，只聞得見銅臭，聞不見花香。大學畢業找工作，只在意哪個行業賺錢多——房地產行情好就去售樓，微商賺錢多就去做微商，區塊鏈有錢途就去研究區塊鏈。滿腦子想着要「喜提和諧號」，卻未曾想過，只有對錢的熱忱卻沒有理想，即使站在了風口，也不會成為那隻「會飛的豬」。

第四，不迷戀肉身。既不迷戀自己的肉身，也不迷戀身邊人的肉身。無論如何青春的肉體終會消逝，可以珍惜的時候就要好好珍惜，能夠展現的時候就要盡情展現，不要等到肉身衰老，禽獸無能，眼前花盛開，鳥卻飛不起來，才後悔莫及。

第五，迷戀手機。如今，手機已然變成人們身體的一部份，一時一刻摸不到都會焦慮；比起摸不到心愛的姑娘的手，摸不到自己的手機似乎要嚴重百倍。喜歡的人只活在手機裏，隔着屏幕點個讚，送個花，就妄想能得到女神垂青，事實上，根本

不知道女神的真名真姓真三圍。

第六，**不靠譜**。放鴿子比放屁容易，工作沒有時間表，赴。約隨時隨地看心情。不理解一個唾沫一根釘，不明白口齒當作金，不認可君子一言駟馬難追，以為一時是所有時，混過一時是一時。將來總有一天，你會明白，困境死境都是自己曾經立起又自己放倒的 Flag。

第七，**不敢真**。酒足飯飽，年輕人愛玩「真心話大冒險」，可太多人既不敢「大冒險」，也不敢「真心話」。對愛的人不敢説愛，對不爽的事不敢説不，不敢承認自己的處境，不敢承認失敗然後從頭再來。時過境遷，回過頭來，要拿真心對世界的時候，大抵已經找不到心在哪兒了。事實上，説句真話你會死啊？承認你毫無天才你會死啊？

第八，**假佛系**。人性裏其實有神性和獸性——從來正確、從來道德、從來不越雷池一步、從來不為少數派鼓掌、在哪裏跌倒就在哪裏躺下、想着爬起來就有可能再倒下太沒面兒，你就不厭倦自己嗎？身體、靈魂長時間躺在床上，假裝自己無欲無求，其實只是懶得追求，到最後落得床都鄙視你。

第九，**審美差**。古人對於美的認知極其多元，環肥燕瘦都是美人，現在打開那些視頻直播看一看，所有的女神，鼻子、眼睛、嘴巴一模一樣。原來擔心會跟品位不好的人撞衫，如今擔心會跟審美不好的人撞了女朋友的臉。

第十，**不要「臉」**。出門只抓頭髮不洗臉，頭頂還沒像中年人那般發光，臉上卻常年泛着油光。所謂「相由心生」，臉

上的油光，就是心裏的油渣。來不及了解你的人，直接就會被這一臉油擋了回去。也許正因為它，一不小心就錯過了人生中最美好的時刻，以及最中意的姑娘。

「極品」裝逼指南

　　我前幾天在新媒體上讀到一篇〈中年男紙裝逼十則〉，非常具體地討論了十種當前流行的裝逼方式，語言尖利，隔山打熊。文章裏列舉了不少人，一大半是我朋友，也包括我。按這十種行為去套我認識的人，躺槍一片，很多人無限接近滿分，也包括我。

　　但是，細細讀來，拋開不屑、暗諷、明嘲還有羨慕嫉妒恨不說，以我有限的見識觀照，這篇文章似乎只描述了一般的裝逼現象，沒登堂入室，甚至完全沒有摸到仄仄的極致的逼門。用更簡潔的現代漢語說，就是逼格不夠高，對裝逼的認識嚴重不足。

　　那咱們就索性再舉十個例子，聊聊「極品」男人如何極致裝逼。

一、寫信

　　那篇文章裏拿我舉例子的裝逼行為就是愛寫公開信，更確切地說，就是愛給晚輩寫公開信，愛當人生導師，愛把自己的三觀灌輸給祖國的花花草草。且不說祖國的花花草草總是被各

種不靠譜的雞湯和毒氣澆灌，需要一些另類的清風朗月來中和，單說寫信，其實逼格更高的還有很多。

比如，迄今為止，連續七年在 GQ 雜誌開設公開信的專欄，每月一篇，給蘇軾寫、給范蠡寫、給周作人寫、給外甥寫、給公文包寫，其間，五個責任編輯離開了 GQ 雜誌，兩本雜文集結集出版，迄今為止，一直在賣。這個男人叫馮唐。

比如，一個男人六十二歲那年給同鄉故人寫了一封一百二十四字的信。九百多年後，這封信賣了一點八億人民幣，加拍賣行佣金二點零七億，平均每字一百六十七萬，是迄今為止含金量最高的紙片。這個男人叫曾鞏。

二、跑步

極致的裝逼不是每天換一條新的 ARMANI 的褲子，而是四十歲了還能穿二十歲見初戀時穿的褲子，不是開個跑車十三分鐘跑完一圈北京的二環路，而是穿雙跑鞋十五分鐘內繞着故宮外牆跑完一圈。

拆北京城，攔不住；圍着北京城老城牆的界線，跑一圈，二十四公里。火星去不了，南極、北極、珠穆朗瑪峰山腳下，各跑一個馬拉松。

《紳士的準則》(*Mr. Jones' Rules*) 裏説：「男人要在三十歲時和二十七八流的小明星發生毫無意義的性關係、四十歲時和活着的傳奇做愛，這樣才能體面地進入四十歲。」這些是腐朽的老牌資本主義國家的見識，不是我們學習的榜樣，我們能

做的是，四十歲的時候，每週長跑三次，每次十公里，每週和一生摯愛上床三次，每次三個高潮，用這些「三」懷念回不來的三十歲。

三、喝茶

泡茶不是表演少林、武當、太極功夫或者肚皮舞、脫衣舞，不需要泡茶人白鶴亮翅、雲手轉杯、韓信三點兵。泡茶也不是演講、唸咒、薩滿或者背詩、唱曲兒，不需要口中振振有詞：「您有沒有感到一股暖流從丹田升起？您有沒有看到光芒萬丈？您的身體有沒有微微顫抖？您感沒感到您的痛經和白血病已經被治好了？」

茶乾淨，水乾淨，壺、盞乾淨，水燒開，控好溫，及時出湯，用嘴喝，喝完嘆一聲「真好喝啊」，就夠了。如果追求極致，茶樹要是幾棵沒被污染的古樹，做茶時沒被摻雜其他葉子，沒被茶人過份突出某種香味，撈月的時候撈起泉水，陳到第二天當午時用南部砂鐵壺煮，用十到十四公分口徑的宋代建窯盞盛了茶湯，趁熱喝。

還嫌逼格不夠高，岩茶喝牛欄坑肉桂及其以上，鐵壺換名匠之老鐵壺，換銀壺，換金壺，宋代建盞的底足帶「供御」、「官」字款。

四、古物

牛逼的收藏不是為了洗錢的收藏，不是最貴的收藏，不是

按照乾隆趣味、清宮帝王璽、石渠寶笈一路走來的收藏，不是國寶滿眼的收藏。

牛逼的收藏是從骨子裏明白擁有只是暫時，「欣於所遇，暫得於己，快然自足」；是有比專業人士更專業的相關知識和技能，「十米外斷代」，「蒙眼斷代」；是著書立説填補相關空白，過了百年之後還有後來人翻閱參考；是活着的時候用美好的古器物，掛八大山人的畫，插汝窰的花瓶，焚鈞窰的香爐；是死去之後名字被大大地刻在主流博物館的牆上。老一輩兒的人裏有盧芹齋，剛走的人裏有安思遠。

五、言語

極致地會吹牛逼也是極致裝逼的一種，立言也是立德、立功、立言三不朽的一種。入門級極致吹牛逼是北京老出租司機，知道前後五十年的政治走勢。進階級極致吹牛逼是做個視頻脱口秀欄目，閉着眼張着嘴就把沒數的錢掙了。終極級極致吹牛逼是寫幾本長銷的書，出版了十年二十年，機場書店還在賣，作者去世十年二十年一百年二百年，機場書店還在賣，比如《圍城》《金瓶梅》。

六、讀書

高逼格讀書不是有個很大的私人圖書館，不是私人圖書館裏有很多印刷精美的圖書。高逼格的讀書是至少讀過三五千本書，至少有三五十本是正常人類沒讀完過的經典（比如原文的

《尤利西斯》《詩經》的雅頌、二百九十四卷的《資治通鑑》），至少有三五本是正常人類讀不懂的著作（比如《廣義相對論》《佛教邏輯》《存在與時間》）。

七、情懷

入門級高逼格的情懷是「不做汽水而去改變世界」，比如羅永浩不以口技為生，而以一個單純手機愛好者的身份在公元二〇一二年四月開始做智能手機。進階高逼格的情懷是不以掙錢為目的，隨手三五年搞成兩三個獨角獸企業，隔一陣就去紐約股票交易所敲鐘。骨灰級高逼格的情懷是橫渠四句：「為天地立心，為生民立命，為往聖繼絕學，為萬世開太平。」

八、喝酒

高逼格的喝酒不是頓頓 DRC 和波爾多五大莊。高逼格的喝酒是和好玩兒的人喝，是閉着眼能喝出產地、酒莊、葡萄品種、年份，是同樣的價錢能挑出非常好喝的酒喝，是喝完能背出很多唐詩和楚辭。

九、養生

「席不正不坐，割不正不食」，打坐、斷食、煉丹、雙修，就為了多活幾天，不是高逼格的養生。萬一打坐的時間遠遠長過多活的時間，雙修的時候被偷拍、被群眾舉報、被嫖娼被抓，就更不值當了。

高逼格的養生是樂生，是在樂生的基礎上長生。我老爸抽煙，從十二歲開始抽，現在八十三歲了，他的口頭禪是：天亮了，又賺了。

十、修佛

擁有頂級的鑲滿寶石的嘎巴拉佛珠、老坑冰種帝王綠翡翠十八子手串和一線明星最愛戴的仁波切師父，也不能證明一個人修佛修得高逼格。高逼格的修佛是在日常的勞作裏、陽光裏、花花草草裏、眾生皆苦裏、生命終極無意義裏，試圖體會到蹦蹦跳跳的快活。

其實，如果志存高遠，三觀正，逼格正，裝逼裝久了，就是身心靈的一部份了。裝逼裝極致了，就得大成就了。裝逼的過程就是學習的過程，就是感受活着的過程，就是實現理想的過程。

陪護裝逼犯生存指南

對於絕大多數男生來說，從小到大，似乎最難改的習性（沒有之一）就是裝逼了。從這個角度講，絕大多數男生都是終生裝逼犯。

在裝逼面前，權力、錢財、美色的誘惑都變得沒那麼致命，男生對於權、錢、色的慾望，也沒有像裝逼那樣恆久不變。我認識一個副局長，退休前總是抱怨為甚麼不能升成正局，升不成正局，退休後的醫療費用就不能全額報銷。最近再見到他，他可開心了，說話也變得佛裏佛氣，問他怎麼了，他笑着說，儘管他沒升成正局，但是他機關單位裏那些正局及其以上都被抓進去了，他變成安全退休的裏面級別最高的人了，「自由和心安是最重要的。」他悠悠地說。我認識一個董事長，從政府高官轉到企業來的，曾經總是抱怨他下到企業來太晚了，期權已經不讓發了。最近再見到他，他可開心了，問他為甚麼，他笑着說，審計了、審計了，那些拿了期權的人要倒吐回來了，「你說，生不帶來死不帶去，如果死前還有一大筆錢沒花完，多傻逼啊！」我認識一個青年才俊，曾經耽色成癮，看

過心理醫生，差點吃藥。他最大的業餘愛好是下載和觀摩東瀛愛情動作片，三個 1T 容量的硬盤裝得滿滿的，雙手遍佈老繭。在要買第四個硬盤之前，他忽然信教了，因為教義禁止看毛片。他把三個滿滿的硬盤都送給我，並詳細告訴了我目錄的分類方式。後來，他找了個女朋友，也是教友，按照教義，結婚之前（哪怕訂婚了）不能有性行為，他說他在殘存的生命裏只愛這一個女人了，還給我看那個女人的照片。我怎麼看怎麼覺得面熟，彎彎眼睛、長直髮，像極了他最喜歡的波多野結衣。

　　我初戀喜歡看男生打籃球，我喜歡在屋子裏看書。她說，初夏，太陽剛落山，看幾個男生在操場上打籃球，看汗從他們的額頭流下來，風起了，涼涼的，聞到樹木和汗水的味道，覺得初夏真好。她說這話的時候，眼睛裏有鞭炮嘩嘩啪啪響。她和我說話，只有一次，我看到她眼裏有這樣的鞭炮響起——我躲在屋子裏玩單機版《沙丘》遊戲，她也要試試，我從她後面半抱着她，右手半握着她右手教她如何用鼠標作戰，連過了三關，細細的汗從她額頭流下來，我聞到頭髮和汗水的味道。她扭過頭，看着我，說：「今天太晚了。以後不用再考試的時候，有大把時間，再換個大個兒的電腦屏幕，我們再這樣一起打遊戲吧？」我看到她眼睛裏的鞭炮嘩嘩啪啪響。後來，老到真不用再考試了，我也買了一個三十寸的大電腦屏幕，又是初夏，問她要不要一起再打電子遊戲。她已經完全記不得這個橋段了，我看着她眼中的無所有，忽然意識到，那些愛我們或者愛

過我們的女生，在她們的一生中要花很多時間陪護我們這些裝逼犯，安靜地積極地有創造力地陪我們裝逼好多年。

男生常見的裝逼方式頗有幾種，陪護的方式各有不同。生命苦短，尤其是女生的生命，在陪護裝逼犯這件事兒上，有些捷徑可走。

一、寫信

有些男生早年練過點字，近年升到高管層，開始需要在文件上、賬單上、會議紀要上簽字和批示，開始懷念早年寫情書時筆尖劃過紙面上的感覺，於是放棄電腦重新拿起筆寫字，裝民國範兒。他一旦買了《三希堂法帖》和鳩居堂的筆墨紙硯，你就要警惕，一個裝逼犯出現了。

女生陪護的方式可以是：寫回去。買一桿質量好些的日本產的萬年毛筆，省了研墨、洗筆的麻煩，抄抄初唐小楷經書，悟性好的花兩三個月的零散時間就能有小成就。出差或者度假，找張好看的明信片或者就拿酒店的信封背面當紙，寫些含義豐富的短句，寄給他，比如「把發熱的面頰，埋在柔軟的積雪裏一般，想那麼戀愛一下看看」。

二、跑步

過去長期被抑鬱症困擾的男生們似乎都開始跑步了，很高的比例還跑了馬拉松。如果你不想喪心病狂地陪他跑四十二公里、手拉手衝過馬拉松的終點，你可以做以下一些事兒：迅速

掌握幾個關鍵黑話，比如配速，就是一公里跑幾分鐘的意思。如果他一公里跑十分鐘，你就說，真快啊，都比走快這麼多了；如果他一公里跑四分鐘，你就說，太快了，不能再快了，你都比專業運動員還快了。比如 PB，就是個人最好成績的意思。他在追求牛逼 PB 的過程中，一定會受一兩次傷，比如撞牆，就是在跑了比較長的一段距離後打死也不想再跑一百米的心境。如果他撞牆了，你就說，不要停、不要停、不要停。買一輛自行車，他跑，你騎，他跑得口吐白沫、滿頭是汗，你記得忍住不要把他和狗類比並且不要發出笑聲。學習幾個拉伸動作，每次他跑完都幫幫他做拉伸，其實就是騎上他的身體，把他弄得吱哇亂叫而已。

三、喝茶

當你聽到「肉桂」、「水仙」、明前、雨前、生普、熟普這幾個詞的時候，你可以明確地判定，他開始在喝茶上裝逼了。喝茶是裝逼重災區裏的重災區，尋找陪護捷徑就更重要。

最簡潔的陪護方式是花一個名牌包的錢買一個宋、金或元代的茶盞。記住，不要買元以後的，逼格不夠。老窯瓷器最近兩年價格飛漲，但是省下一個限量版名牌包的錢，還是能買一個品相明媚、兔毫曼妙的建窯茶盞。這種盞被史上第一文藝帝宋徽宗趙佶評為天下第一，蔡襄才有不到十個。省下一個普通款名牌包的價錢，還是能買到一個金代或者元代的鈞窯手把杯，藍中帶青帶紫帶紅，如湖水、天空、月亮。陪他參加茶會，你

自帶老窯茶盞，往茶席上一放，一句話不用說，默默喝茶，默默用眼睛餘光看着他就好。

四、古物

與古董收藏相比，那些號稱愛上「毀終身」的單反相機和高保真音響太小兒科了。愛上古董收藏是一條骨灰級裝逼的不歸路。有人用幾個億拍了一個畫着一隻雞的缸子，你看一眼他用這個缸子喝茶的照片就會意識到，這個古董收藏的黑暗森林太黑暗了。

不要試圖啓動你的學霸模式，妄圖看盡古董書，光講古玉的主流參考書不花兩萬元買不全；特別不要和他說的一句話是：你怎麼知道這個花瓶是南宋的？最簡單的陪護話術是：「我不喜歡乾隆趣味。那些乾隆趣味的東西，親愛的，不要碰了好不好？」

如果他再讓你多說幾句，你就說，中國古美術的高峰有兩個，一個是商周前的古玉，通常是祭祀和占卜用，最傳統的工藝和神最接近，另一個是宋金元的古瓷，是最悶騷的、最文人氣質的，「人補造化天無功」。如果他再讓你多說幾句，你不要再說了，拉他去國博、首博、上博，讓他自己用眼睛看。

五、言語

裝逼最簡單、最省錢的方式是嘮叨。男生如果進入這種裝逼模式，受害最大的是他身邊的你。他在外邊可能裝酷裝到高倉

健，在你身邊就變成郭德綱，而且很可能是無趣版郭德綱。在被嘮叨死之前，你可以做的是，勸他開個自媒體，用免費軟件把他的嘮叨轉成文字，讓他整理整理發表到自己的公眾號上，他生日時，精選他公眾號上的裝逼文章，給他印一本他自己的書。

六、讀書

男生開始用書架把住處的各處白牆都填滿的那一天，他開始要讀書裝逼了。不要和他比讀書多少，只要集中看看書評、看看文學作品改編的影視作品就好了，省很多時間。重要的是隔一兩個月提醒他一句：「儘管你的青春漸漸逝去，儘管你的皮膚漸漸皺起，儘管你的勃起漸漸平息，你的氣質真是越來越好了。難道這就是古書上說的中年男人的『腹有詩書氣自華』？」

七、情懷

在男生的一生裏，有些瞬間會自信心爆棚，會問你，如果他要改變世界，你會不會跟他一起闖天下。不要和他爭辯憑甚麼改變世界的那個男人是他，只要不抵押房子和車，他愛幹嘛就幹嘛吧，愛怎麼折騰這個世界就怎麼折騰吧。

放心吧，最可能的情況是，他甚麼都改變不了。

八、喝酒

他如果喜歡喝一口，喜歡喝的還是葡萄酒，喝水的時候都晃悠杯子並且聞香，你的陪護方式就非常簡單，一個月一次，

和他說：「我想和你喝一杯酒。」如果他還裝，就補刀一句，哪怕是三十塊錢的酒，「我喝到了蝴蝶舞動翅膀的味道。」

九、養生

如果他愛上鑽研中醫，經常看電視上的養生節目，經常給你各種飲食起居的建議，你遇上非常難纏的裝逼模式了，要盡快控制破壞範圍。

可惜的是，有效的方式並不多，可以試試多轉一些「中藥生長環境被重金屬污染」啊、「中醫攻克腫瘤的騙術又一次被揭穿」啊等等文章給他看。在他妄圖拿你的胴體練習針灸之前，你把一個驚天秘密告訴他：其實，最有效的養生是正確而高頻度的性交。不信？除了《黃帝內經太素》之外，請看《素女經》，它講述了黃帝向素女請教如何長生的故事以及素女對黃帝的教育。

十、修佛

如果他開始擼佛珠、掛佛像、參加靈修班，他開啟了最沒救的裝逼模式。最簡單的陪護方式就是，看不慣他的時候，就默唸唵嘛呢叭咪吽，如果實在看不慣，就唸出聲：唵嘛呢叭咪吽！唵嘛呢叭咪吽！唵嘛呢叭咪吽！

說了這麼多，如果有愛的時候，可以給他唱《滿江紅》，可以目送他去嫖娼，甚至可以唱着《滿江紅》目送他去嫖娼；

如果愛不在了，那就不用管上面說的一切了，讓他找個別的姑娘陪他裝逼陪他飛吧。

　　唵嘛呢叭咪吽！

九字真言

　　似乎在很小的時候，我就觀察到，人生在世，需要個座右銘。幾個詞，一個句子，戳在心裏，抄在筆記本的首頁、電子郵件的簽名檔、微信的個性簽名，寫成毛筆字掛在牆上，找塊青田石刻成閒章。這幾個詞的作用類似黑暗中遠處的一盞燈、走不穩時的一根拐杖、大你十來歲似乎通曉世事的一個老流氓，不一定真的有用，但是有，心裏踏實些。我們的中學班上，有座右銘的比例不低於一半。座右銘又有了一個新的作用：判斷一個人是不是 SB。比如，我們班上一個很帥的男生，他的座右銘是：「沒有哭過長夜的人不足與語人生。」我們都知道那是他愛哭的藉口，他看《花仙子》哭，看《排球女將》哭，看國安足球賽哭。不僅自己獨自哭，在這個座右銘的指導下，他還常常找女生哭，一邊一起看電視劇或者國安足球賽一邊哭，激發女生的母性，往往非常管用，沒哭完長夜就被女生攬進了懷裏。

　　我忘記了自己有過多少個座右銘。一個比較管用的是曾國藩的：「大處着眼，小處着手；群居守口，獨居守心。」這句

指導我在麥肯錫做了九年的戰略規劃，沒出甚麼大差錯。另一個比較管用的是孫中山的：「夫天下之事，其不如人意者固十常八九，總在能堅忍耐煩、勞怨不避，乃能期於有成。」這句指導我在創建華潤醫療的三年裏，忍了很多不可忍，吃了很多在想像中吃不了的苦。曾國藩和孫中山的這兩句，我求好朋友比目魚寫成毛筆字，掛在了牆上。比目魚常年臨帖，最大的特點是學誰像誰，這兩幅字，他分別仿曾國藩和孫中山，落款也分別是曾國藩和孫中山。

還有一句讓我受益匪淺的座右銘來自我老媽，因為不雅，我沒求比目魚寫毛筆字：「一個男的，生下來就帶個小雞雞，只能自己奔命去。」我至今沒理解這句話的內在邏輯，為甚麼有個雞雞和沒個雞雞就有很多不同？但是從我能聽懂人話，我老媽就嘮叨這句，我聽多了就當成了真理。這句話告訴我，男生要獨立，要掙錢，要自求多福、好自為之。

在我四十歲前後，我漸漸感到，這些催人努力做事、拚命牛逼的座右銘有副作用，而且副作用越來越強。我們這些人，從識字開始，就被社會和父母逼着做好學生，任何一門功課似乎考不到滿分都是某種或大或小的恥辱（包括莫名其妙的語文課、歷史課和想當然的政治思想課）。上了協和醫大，老教授反覆強調，我們的校訓是「如臨深淵、如履薄冰」，一個看似普通的感冒都能致命，時刻記住我們的醫院是最好的醫院、我們是最好的醫生、我們是病人在死神面前最後一道防線。我的第一份工作是麥肯錫。麥肯錫的司訓是 "Our mission is to help our clients make distinctive, lasting, and substantial improvements in their performance and to build a great firm that attracts, develops, excites, and retains exceptional people",簡單翻譯就是「成就牛逼公司、練就牛逼顧問」。我沒想到我一幹就幹了小十年,也沒想到幹得相對順手。我問我的大客戶,為甚麼找我?他説,儘管你和你的團隊很貴,但是我把問題交給你之後,在這個問題上我就不用操心了,你比我着急,你比我上心。

小二十年下來,「認真負責、盡心盡力」的狀態被那些催人奮進的座右銘狠狠地碾進血液和骨髓裏,工作的確是做好了,心性卻變得艱澀生硬。長期睡眠不足,睡個懶覺兒就會做夢,十次做夢兩次夢見臨深淵、兩次夢見履薄冰、五次夢見畫了一棵巨大的議題樹幫着客戶釐清問題的核心所在,剩下一次是夢見高考,一路趕到考場,沒帶准考證。「自滴階前大梧葉,干君何事動哀吟?」天天臨深履薄,這輩子好慘,而且睡眠毀了、人毀了,也就甚麼都沒了。我不想這樣一輩子,我不想總夢見那些提心弔膽的事兒,我還想夢見我以前那些美麗的女朋友以及那些被梨花照過的時光,我提筆在筆記本的扉頁上,鄭重地寫下了我的九字真言:「不着急,不害怕,不要臉。」

「不着急」説的是對時間的態度。一個人做完該做的努力之後,就該放下,手裏放下,心裏放下,等。有耐心,有定力,給自己足夠的時間,給周圍人足夠的時間,給事物的發生和發展足夠的時間,彷彿播了種、澆了水、施了肥,給種子一些時

間，給空氣和陽光和四季一些時間，給萌發的過程一些時間，你會看到明黃嫩綠的芽兒。有時候，關切是不問，有時候，不做比做甚麼都強。

「不害怕」說的是對結果的態度。充份努力之後，足夠耐心之後，結果往往是好的。在好消息來臨之前，擔心結果好不好一定是無用功。我習慣性地給自己和團隊打氣，「盡人力，知天命。我的經驗是，我們盡了人力，天命就在我們這一邊」，實際情況也往往如此。即使結果不好，那也不意味着就到了窮途末路，人生可以依舊豪邁，只要人在，我們可以從頭再來。細想想，歷史上哪個真牛逼的人物不是多次敗得找不到北？只要不害怕，能總結得失，能提起勇氣再來一次，就不是真正的失敗。

「不要臉」說的是對他評的態度。九字真言裏，這三個字最難做到，做不到的破壞力也最大。心理學研究表明，自責、後悔、羞愧是負能量等級最高的情緒，「只要想起一生中後悔的事，梅花便落滿了南山」。我安慰自己的話術是：「我已經盡力了，還要我怎樣？我還能怎樣？咬我啊，咬我啊。」佛法中的四聖諦也早早就說明了：諸事無常，無常是常。一個結果是由太多因素決定的，好些因素是你不知道的，更是你控制不了的，「花開滿樹紅，花落萬枝空。唯餘一朵在，明日定隨風。」

「是非審之於己，毀譽聽之於人，得失安之於數。」

總結這九字真言，一個人盡力之後，要勇敢對自己、對他人、對宇宙說：「我有足夠的耐心和定力，面對任何結果和

輿論。」

　　如果耐心和定力不夠，就閉上眼睛，伸出雙手，大聲喊九遍九字真言，讓宇宙聽見你的聲音：「不着急，不害怕，不要臉。」

成功十要素

我痛恨成功學。

首先，在我的世界觀裏，「成功」比「愛情」更難定義，或者我定義中的「成功」和社會普遍定義的「成功」相差太遠。我認識一個老哥，他一輩子唯一做過的正式工作就是當他爸爸的秘書，這個正式工作維持了不到半年，他爸爸就死了。之後，這個老哥成功地在帝都無所事事三十年，直到今天。在無所事事的三十年中，他喝酒，他晃蕩，他寫了兩本簡單的書，一本叫《玉器時代》，填補了中國文化期黃河流域玉器研究的空白，另一本叫《宋金元茶盞》，填補了中國老窰茶盞研究的空白。我定義的成功是內心恬靜地用好自己這塊材料，或有用或無用，本一不二。我覺得，作為一個人類，他很成功。

其次，在我的認知裏，我不認為成功可以學。人可以學開刀，人可以學乞討，人可以學算命，但是人沒法學習如何成功。所謂世俗定義的成功涉及太多因素，成功不可複製。

二〇一五年秋天，我連續在北大、浙大、武大做了三場演講。同學們除了關心我是如何成為一個情色作家（更準確的定

義是科學愛情作家）之外，似乎更關心傳說中的我在北京後海邊上的院子、我在作家富豪榜上的排名、我創立國內最大醫療集團的事功。換言之，同學們還是更關心世俗定義的成功。無奈之下，職業病發作之下，勉為其難，我還是用了中國古人提供的框架，用諮詢公司訓練出的總結歸納能力，和同學們講了講我認為取得世俗成功的十大要素——

　　一命二運三風水，四積陰德五讀書，六名七相八敬神，九交貴人十養生。

　　一命。我的定義，命是 DNA。從生物學的角度看，人生來就沒有平等過。在很大程度上，人的智商、情商、身體機能在出生的時候已經決定了，後天努力有用，但是先天先於後天、先天大於後天。誇張點說，豬八戒再勤奮也變不成孫悟空，孫悟空再修行也變不成唐僧。

　　二運。我的定義，運是時機（timing）。白起、吳起等名將如果生在太平世，開個養雞場或者壽司料理店，每天殺殺雞、宰宰魚。柳永、李賀如果生在戰時，當個沒出息的列兵，在開小差的路上被抓回來。

　　三風水。我的定義，風水是位置。人二十歲之前如果在一個地方待過十年以上，這個地方就是他永遠的故鄉。胃、味蕾、美感、表情、口音等等已經被這個地方界定，之後很難改變。余華如果生在北京，寫不出陰濕暗冷的《在細雨中呼喊》。在

北京，除了遊行和賣貨，沒人呼喊，街道這麼寬，故宮這麼大，沒人內心憋屈到跑到雨裏呼喊。馮唐如果生在浙東，寫不出《十八歲給我一個姑娘》，如果憋不住還是要寫，可能寫出一本《十八歲給我一個寡婦》。

四積陰德。我的定義，陰德是不做損人又不利己的事情。我能理解損己利人，我能理解損人利己，我不理解損人不利己。細細思量，人做損人不利己的事，必然是控制不了自己的心魔。讓心魔控制自己時間長了，很難成事兒。

五讀書。天份好要讀書，天份不好更要讀書。現在，還有多少人每天看書的時間多過看手機的時間？

六名。我的定義，名是名聲，要成功的關鍵是名實相符。人可以欺騙一個人一輩子，可以欺騙天下人一時，但是人很難欺騙天下人一輩子。心碎要趁早，出名要趁晚。名出早了，名大於實，名聲之下，整天端着，會累死人。

七相。自古以來，人類的世界是個看臉的世界。相有三個組成成份：長相、身材、精神面貌。長得好的人，的確佔便宜。面對一張姣好的如瓷如玉如芙蓉的臉，儘管知道可能整過形、微整過容、有化妝品的功勞、皮肉之下都是骷髏，人類還是難免邪念裊裊、心存憐惜。即使沒有一張好臉，至少要保持一個好身材；即使不能保持好身材，至少要保持體重。再差再差，臉也沒有、屁股也沒有、胸也沒有，至少要保持精神面貌，每天早上面對世界微笑，遇上楊貴妃，能像安祿山一樣跳起胡旋舞。

八敬神。 我敬的神，不是如今到處奇醜無比的金佛，是頭上的星空和心裏真實的人性、獸性。設定好自己的底線，不要因為方便、因為人不知而突破自己的底線。

九交貴人。 我的定義，貴人不是有錢人、有權人，不是幫你遇事平事兒的人，而是在暗夜海洋裏點醒方向的燈塔一樣的人，是腿摔斷了之後的拐杖一樣的人，是非常不開心時候的酒一樣的人，是渴了很久之後的水一樣的人。

十養生。 從一到九，都做到，如果沒有好身體，也是空。養生不是信中醫，不是吃齋唸佛，是起居有度、飲食有節，是該睡覺的時候能倒頭就睡着。

最後的最後，即使有了世俗的成功，也要意識到，它和幸福沒有甚麼必然的聯繫，人坐在雷克薩斯裏也不保證不想哭。

不怕壓力不生癌

　　我學醫的時候，主攻婦科腫瘤。畢業論文主要涉及卵巢癌腫瘤發生學中的信號傳遞系統，題目又長又冷：〈表皮生長因子和受體與 c-myc 基因在卵巢上皮癌中的表達及其與癌細胞凋亡的關係〉，發表在一九九八年某期的《中華醫學雜誌》上。在論文發表之前，我就下定決心改行。第一是因為卵巢癌的治癒率太低，作為一個熱愛婦女的金牛座，近距離長期面對姐姐妹妹們大面積死亡，受不了。第二是因為做論文時我就斷定，窮盡一生我也搞不明白這個信號傳遞系統，即使是提出了很好的假設，也沒時間證明，即使是證明了，也沒時間搞出副作用可控的調控方案，徹底打敗癌症。生命太複雜，設計者太狡猾，生死糾纏，一塌糊塗。在做論文的間隙，偶爾從實驗室的窗戶仰望夜空，我高度懷疑我們人類也是某個型號某個批次的機器人，代號 2B290。

　　儘管不做腫瘤很多年，打電話找我最多的事兒還是和腫瘤相關：我是不是得癌了？得了怎麼辦？能不能好？怎麼算好？還能活多長？能不能找個好醫生？能盡快安排手術嗎？住院能

否有個單間？近年的趨勢是，得癌症的人越來越多，得癌症的年紀越來越早。

如果籠統排序，得癌症的第一相關因素是基因遺傳，在基因上，眾生從來沒有平等過，有些人就是比另外一些人更容易得某種癌症。第二相關因素就是壓力過大，大過自己身心能夠消化的能力。從這個角度看，身病往往是心病。以我個人有限的接觸癌症的經歷總結，似乎越是傳統意義上的「好人」越是容易生癌。這些人往往脾氣很好，性格內向，照顧周圍，萬事替別人考慮，總是在乎別人眼裏的自己，總是擔心一些可能發生的小概率負面事件。

壓力過大的原因很多。首先，我們基因編碼裏就有足夠多的壓力感受器。很久以來，我們人類生下來就和其他禽獸一樣面對一個充滿敵意的世界，似乎無時無刻不在面對被吃、被兪、被落下的風險。其次，有些人天生壓力大，一出生腦袋上就頂着一座大山，比如生來就是誰誰誰的兒子或者女兒，比如生來就比常人敏感很多倍。我如今年到不惑，每次面試幾個小朋友還會在心裏緊張一陣，想了又想：問點啥問題啊？另外，就是後天境遇。所謂一直「成功」的人反而更容易壓力過大。

舉我自己的例子說明。我小時候會考試，中學每次考試沒讓別人拿過第一。每次期中、期末考試完，老師都會召開家長會，都會當眾公佈學生成績，從第一名開始一直唸到最後一名。後來，我老媽跟我說，她人生最大的滿足，沒有之一，就是每次聽老師第一個唸完我的名字和分數，起身，開教室門，驅動

她魁梧的身軀在眾目睽睽之下揚長而去。我整個少年時代，考試前總是做噩夢，夢見坐在考場，鋼筆寫不出水、圓珠筆寫不出水、鉛筆沒鉛芯。少年時代過去之後，遇上一些關鍵節點，還是老夢見考試，還是沒筆可用。只有一次，繼續多睡了一陣，夢見考了倒數第一。老師開始唸成績，我老媽一直待到教室裏空無一人才驅動她魁梧的身軀黯然離去。我在夢裏樂出了聲兒。

對於基因，至今沒甚麼特別合適的好辦法。對於壓力，倒是有些管理的小竅門。在我過去三十年驅趕噩夢和壓力的戰鬥中，以下十個竅門，儘管普通，但是好用。

第一、做好本職工作。於事我已經盡人力，接下來我只能聽天命。

第二、理解領導期望。很多時候，人不是被領導逼死的，人是被自己逼死的。不要每次都給自己近乎苛刻的要求。雞蛋煎不圓，世界繼續轉。

第三、漠視無關噪音。一些無關的人說些有的沒的，不要往耳朵裏去，更不要往心裏去。遇到這些無關的人，認真問兩個問題：關你屁事？關我屁事？

第四、行程排滿。進入辦公室後，馬上進入工作狀態，時間按十五分鐘間隔切割，會連會，事連事，人連人，不給自己焦慮的時間。

第五、定時清空。總是會連會，會死人的。清空的有效方式，比如，週五鐵定不見人、不安排會，自己關起門來做一些

計劃性的工作，想一些需要沉靜下來才能想透的問題，寫幾頁非常難寫的文章；比如，睡前一小時之內不看手機，看紙書入睡。

第六、**轉移注意力。**用體力運動代替腦力運動，讓大腦徹底休息，跑十公里、游兩公里泳、談一頓飯的戀愛、看半小時東瀛成人動作片。

第七、**做有治癒能力的事兒。**和小孩兒說話，陪老媽罵其他兄弟姐妹，背誦詩歌，寫耽美小說，和老朋友喝大酒，「事大如天醉亦休」。

第八、**知限。**從心底兒認識到，一個人能控制的範圍是有限的，你控制不了的永遠大於你能控制的。無常是常，世界不會永遠不出你所料。

第九、**悟空。**不要等死後、病後才知萬事空，在死前、病前，多去去墓地、三級醫院 ICU、古戰場，多讀讀《資治通鑒》，特別是涉及改朝換代、鉤心鬥角、最後沒一個有好果子吃的那些篇章。

第十、**排除生理疾患。**在使用上述九種訣竅之前，每年徹查心臟機能，確保心臟能吃苦耐勞，自己感到的壓力真的不是心肌缺血，然後再去應用上述九項調心大法。

如果覺得以上十條太麻煩，那就每天默唸百遍壓力管理的九字真言：不著急、不害怕、不要臉。

未來已來，君子不器

「這是最好的時代，這是最壞的時代；這是智慧的時代，這是愚蠢的時代；這是信仰的時期，這是懷疑的時期；這是光明的季節，這是黑暗的季節；這是希望之春，這是失望之冬；人們面前有着各樣事物，人們面前一無所有；人們正在直登天堂；人們正在直下地獄。」

這是我們的現在。

這是最好的時代。手機的運算能力已經超過十年前的高端PC。一部手機在手，如果你不想，你可以像漢代董仲舒一樣三個月不窺園，天天外賣美食不重複，天天都穿網購的新衣服。如果你想，你可以出門，共享汽車、共享單車、共享充電寶、共享雨傘、共享老媽、共享男女朋友，用手機上的 APP 找附近你想一起坐坐的陌生人。如果你不想，你可以三個月不和一個人面對面說話、不打一個電話而不孤單，打開電腦你可以接入無窮盡的圖書、音頻和視頻，夠你消磨掉今生、來生和無窮無盡生，你可以不交任何女友，不去費力氣了解她們的愛好和三觀，一個巨大的硬盤和一套好的 VR 或者你的手可以在十分鐘內

44

帶你飛到高潮。如果你想，你可以在一週內去七大洲各跑一個馬拉松，你可以在三年之內做出自己品牌的手機而且賣出一百萬台，你可以在一年之內僅僅靠愛說愛噴名滿天下。如果你有錢、肯花，你可以六十歲看着像三四十歲，即使得了癌症，也可能撐到一個又一個新藥上市，活到一百歲，甚至永生。

這是最壞的時代。「深藍」戰勝了人類的國際象棋冠軍，「阿法狗」戰勝了人類的圍棋冠軍，機器大面積替代了體力勞動者和初級技術工人。算法比你更懂你，你在新聞客戶端不小心點擊了某一個大胸影星，之後刷出的十條消息都和影星相關，這些影星共同的特點是胸大。媒體一味迎合你獨特的趣味，你想別人教育教育你，你都找不到這個「別人」。算法統治，得腦殘的電影得票房，得屌絲的候選人得天下。手機上似乎有無窮無盡的吸引，從早到晚，你一直盯着一塊 Retina 屏幕，你似乎忘了盯着一雙漂亮的黑眼睛而內心腫脹、下體勃起是多麼遙遠的從前了。你的手一刷再刷那個手機屏幕，直到你累得睜不開眼睛，你終於睡了，但是你睡得並不安穩，你似乎忘了上次背着晚唐詩歌入睡是多少年前的事情了。畢業後在大城市工作，你即使進了頂尖的投行、諮詢公司或是大型跨國企業，在可預見的將來，你也買不起房子。女生把自己整修得越來越像孿生姐妹，男生把自己襌修得越來越一樣無聊。菜越來越沒有菜味兒，肉越來越沒有肉味兒，街上早就沒有野花可以摘了，街上早就沒有板磚可以拍了，高密度全天候的攝像頭記錄着你和罪犯們的一舉一動。到二〇二五年的時候，女性和機器人做

愛的次數將首次超越男人，就繁衍人類而言，IVF 技術的進步讓絕大多數男人沒了任何存在的理由。

未來已來，如何面對？

第一、不要害怕。「阿法狗」們能幹的讓「阿法狗」們去幹吧，就像三十年前，我們讓洗衣機去代替我們洗衣服，讓計算器代替我們做多位數加減乘除。

第二、愛就做。如果有人類喜歡做「阿法狗」們擅長做的事，就讓他們去做吧，不用攔着他們，就像跑車已經每小時三百公里了，也不用攔着那些試圖兩個小時跑完四十二點五公里的人們。

第三、盡快學會如何消磨時光。如果一覺兒醒來，絕大多數人都不需要上班工作了，這絕大多數人中的絕大多數人如何保證不瘋掉？盡快培養一點冷僻的愛好，一個能幫你殺掉大量時間的愛好，一個能幫你找到少數同類的愛好，比如：甲骨文、毛筆字、宋代茶盞、遊山玩水住小旅店。

在可預見的未來，在有些方面，人工智能還只會是人工智障，人類還是有巨大的可能保有自己的尊嚴。釋放你的獸性，適度鍛煉，偶爾競技，盡量找機會大面積地皮膚接觸其他人類。體味你的人性，貪嗔癡慢疑，一念未盡數念又起，先別急着調動你的修行去安禪制毒龍，讓妄念飄一陣，機器沒有妄念，機器不懂「十八歲時給我一個姑娘」的狂喜，機器不懂二十九歲時隔壁寡婦再嫁的傷心。挖掘你的神性，多多創造，詩歌、小說、影視、商業模式。

君子不器，我們不必像機器一樣有用，我們不要像機器一樣局限，我們不需明確的目的，我們有無限的可能。面對我們阻止不了的時代變化，多使用肉體，多去狂喜與傷心，多去創造，活出更多人樣兒。

給我寫首情詩好嗎？

　　我生在上個世紀七十年代初。我們小時候，物質生活貧乏，眾生看上去似乎平等（也可能因為沒有任何關於不平等的報道），吃的一樣、穿的一樣、住的一樣，騎自行車或者擠公交車。如果一個人想裝逼，要有非常強大的創造力。創造力不足的裝逼犯通常採取以下三類做法：第一種，哪部電影紅了，就模仿電影裏主角的經典表情和經典台詞。因為物質貧乏，主角的衣服、髮型、身材、容貌非常難以模仿，模仿經典表情和經典台詞就是捷徑。《追捕》紅了之後，我哥開始模仿杜丘冬人，噘着嘴，少言語，很多年。《追捕》紅過了，我哥想換個表情，發現不會笑了，越使勁越覺得不對勁兒，直到現在。第二種，讀正常人類不會碰的書籍。我的一個高中同學很早就決定獻身電影藝術，從高一開始就捧着一本叔本華的《論意志和表象的世界》，別人問他這書説得是啥，他總是回答一句，「世界是我的意志，世界是我的表象」；再追問，他最多加一句，「人生有如鐘擺，擺動在痛苦與倦怠之間」。這本書從來不離他左右，做早操的時候也帶着，把書放在兩腿之間的地面上，做跳

躍動作，從他後面看，一不小心似乎真能飛上天。第三種比上面兩種簡單很多，所以更多人採用，就是找個相對美麗的本子，摘抄很多名人名言，口讀心頌，看準合適的場合跳出一句，比如「知我者謂我心憂，不知我者謂我何求」，比如「沒有哭過長夜的人不足與語人生」，很多不可能錯的廢話，很多模稜兩可的屁話，但是不妨礙裝逼好使。第三種方式我也用過一陣，清楚記得其中一句是「你最大的敵人是你自己」。

從識字開始，我就思考人生、世界和人類，越琢磨，越覺得人類作為一個整體真是個怪咖。看文學書，看史書，看到人性無盡的惡、無盡的不改悔、無盡的無奈，覺得人類真是不可救藥。看自然科學書，看窗外被人類改變了很多的世界，又覺得人類真是神奇、真是太能幹了，能造出某些方面比自己強太多的機器。不知道為甚麼，每每想到人類的不可救藥和神奇能幹，每每隱隱地覺得似乎哪裏不對。人類改變不了人性中的惡，創造完成後保護，保護不住後破壞，破壞後再創造，永陷輪迴。人類太神奇能幹了，造出的機器越來越強，總有一天，人類會失去對機器的控制，甚至被機器控制。從這個意義上看，裝逼名言本說的是對的，「你最大的敵人是你自己」，人類最大的敵人是人類自己。

過去四十年，我眼睜睜見證人類造出的機器越來越強悍，進步速度越來越快，人類的優勢越來越少，甚至已經有了失控的跡象。

一九九七年前，是第一階段。在這個漫長的階段，人類製

造機器，機器替人做苦工，做人不願意做的東西，做人在體力上做不到的東西，比如汽車、飛機、火車，比如吊車、衛星、洗衣機，比如計算器、打印機、電話。坐了這麼多次飛機，每次再坐，我還是驚詫於一個這麼大的鐵傢伙能快速移動在這麼稀薄的空氣裏。見慣了這麼多高樓大廈，每次到了五十層以上，我還是驚詫於人類怎麼做到讓這麼高的大傢伙在風雨地震中不塌。用過至少二十部手機了，每次打完電話會，我還是驚詫於這些聲音在虛空中是如何傳遞的——沒多久之前，人類還是靠信鴿和騎馬的信使傳遞一個個遠距離信息。

　　一九九七年，人工智能第一次打敗國際象棋的頂尖人類棋手。從那兒之後，進入第二階段：人類製造的機器開始玩人類智力的遊戲，一步步拉近甚至在某些方面甩開人類智力的水平。二〇〇六年，國際象棋人類頂尖棋手最後一次戰勝人工智能，之後，在國際象棋領域，機器就再也沒輸過。這種追趕速度明顯在加快，甚至在一些過去認為不可能突破的領域開始突破。十年之後，二〇一六年一月，谷歌研發的圍棋人工智能「阿法狗」（AlphaGo），不讓子，完勝歐洲冠軍、職業圍棋二段樊麾，創造了人工智能第一次在公平比賽中戰勝人類職業圍棋棋手的歷史。

　　圍棋計算是個極其複雜的問題，比國際象棋要困難得多。圍繞圍棋的創始有不少傳說，但是公認的是，圍棋是用最簡潔的形式模擬最複雜的宇宙，可以讓任何人類在有生之年耗盡他的全部智力。圍棋最大有 3^361（361 個 3 連續相乘）種局面，

大致的計算體量是 10^170；國際象棋最大只有 2^155 種局面，大致計算體量是 10^47；而已經觀測到的宇宙中，原子的數量是 10^80。

AlphaGo 的可怕不在於它的計算速度，而是它類似人類的思考方式和學習能力。它的核心是兩種不同的深度神經網絡，策略網絡（policy network）和價值網絡（value network）。這兩個網絡配合，「挑選」出那些比較靠譜的棋步，拋棄明顯的差棋，從而將計算量控制在合理的範圍內，這在本質上和人類棋手的大腦所做的一樣。這種人工智能必將應用到其他領域，很多人類工作會被機器代替，甚至包括一些傳統的創造領域和智慧領域，比如劇本寫作、經理人招聘、疾病診斷等等。

再下一個階段，可能就是人類製造的機器能夠理解人類感情，情商上擊敗人類，寫出的詩歌秒殺人類歷史上最傑出詩人的作品。看過去機器發展的加速度，不管我樂意不樂意，或許在有生之年，我可以見證「機器李白」的降臨，我這一輩子可以簡單總結為一步步被機器打敗的一輩子、一步步被機器羞辱的一輩子。

二〇五〇年的一天，你早上醒來，心情一般，你對你的手機說：「親愛的，給我寫首情詩好嗎？越虐心越好。」

中國人為甚麼不愛排隊？

我一直有個疑問，中國人為甚麼不愛排隊？

艾青詩云：「為甚麼我的眼裏常含淚水？因為我對這土地愛得深沉！」因為工作，間或去歐、美、日本、香港、台灣到處跑，儘管知道不可能把所有的好都集中在我深愛的中國，但還是難免比較我深愛的中國和這些所謂發達國家、地區之間的異同和優劣。

二十年前，我和周圍人總有的疑問是：我們甚麼時候能夠燈紅酒綠、高樓大廈、汽車飛機、有萬惡的腐朽的資本主義的樣子啊？很快，我們 GDP 的增速世界第一了；很快，我們GDP 的總量超越日本成為世界第二了；很快，我們在盤算我們退休之前 GDP 就會世界第一了；很快，我們大城市的房價超越紐約和灣區了；很快，我們從「好想、好想在美國掙錢在中國花」變為「好想、好想在中國掙錢在美國花」了。

最近，悲觀情緒開始蔓延，我聽到了另外一些疑問：「第一、甚麼時候全球的精英會把孩子送到中國留學，而不是像今天都把他們的孩子送到美國、歐洲留學？第二、甚麼時候全球

的年輕人會最喜歡中國的電影、文化、書籍，而不是像今天他們最喜歡的是美國、歐洲的電影、文化、書籍？第三、甚麼時候全球的消費者在選擇產品的時候，會首選中國的品牌？」

悲觀的人說，我們活着等不到這三個問題都說「YES」的時候了。其實，我自己倒沒有這麼悲觀。第一個問題會很快回答「YES」。且不說漢賦、唐詩、宋詞、元曲，現時中國經濟總量已經這麼大，增速還是相對這麼快，好多領域的海還是這麼藍，全世界最聰明的父母一定會讓孩子盡快學中文，一定找機會去台北、香港、上海、北京看看、待待。第三個問題的「YES」也在慢慢實現。二〇一六年去美國灣區和 LA，發現外國人用微信的很普遍；二〇一六年去香港，發現機場在賣大疆的無人機；二〇一六年在上海，發現華為的手機第一個用了 Leica 的鏡頭。第二個問題回答「YES」的時間有可能會最漫長。其實，創造性天才的出現從基因角度算也是一個概率問題，中國十三億人口，創造性天才也會依照概率在這十三億人群裏出現。所以，問題不是能不能的問題，而是體制、機制讓不讓的問題。

我的悲觀之處反而是在一些極小的細節上面，突出的代表就是排隊。我悲觀地認為，我有生之年很可能看不到中國人能夠守守規矩、好好排隊了。

因為每兩三天就坐一次飛機，對於中國人不愛排隊的最切膚體驗，來自機場。

辦登機手續。看頭等艙 / 商務艙 / 白金卡 / 金卡櫃台前排的人比經濟艙的人一點不少，我排到了，問：前面都是「頭等艙 /

商務艙／白金卡／金卡」的嗎？答：不是，他們看到這個隊短就自動過來了。問：為甚麼不讓他們去經濟艙排隊？答：他們說他們去那邊還要重新排隊，隊太長了。問：你覺得你這樣縱容，他們能明白道理嗎？答：我已經給你辦完登機手續了，你再拷問我，你的飛機就要飛走了，你還要繼續拷問我嗎？

登機。看「頭等艙／商務艙／白金卡／金卡」專用登機走道站着的人比另外走道的人一點也不少，我排到了，問：前面都是「頭等艙／商務艙／白金卡／金卡」的嗎？答：不是，他們看到兩邊都能登機就站到這裏了。問：你為甚麼不讓他們按規矩排隊呢？答：你以為我有這麼多閒工夫和他們口舌嗎？你想被打，但是我不想被打。

下機。三次飛機落地，總有一次聽到空姐聲嘶力竭地喊：「飛機還未停穩，請客艙中站着的要衝出飛機的旅客回到原位坐下。不要打開行李箱。目的地沒有海嘯和地震，無須進入逃命模式。」

拿行李。有一次，需要帶幾瓶酒，不得不託運行李，下機後在行李傳送帶的出口等，想等到行李就馬上拎走趕下一個會。一個婦女帶了一個十三四歲的小孩兒，非常自然地站在了我前面。我四下張望，四下無人。我看着這個婦女非常自然的表情，怒從心頭起，問：您為甚麼站在我前面？答：我的行李很快到了，出來得會比你的快。問：您為甚麼能確定這一點？答：就算行李不最早到，我帶着小孩兒。問：看小孩兒骨相清奇，將來必然有一番大成就，您為甚麼不做個表率教教他如何

排隊？這時候，行李出來了，我的行李先出來。我默默地看了這個婦女一眼。這個婦女開始大叫：你好意思嗎？中國的風氣就是被你們這些坐商務艙的人搞壞的！為富不仁！為富不仁！為富不仁！

我陷入深深思考，中國人為甚麼不愛排隊？

我自己的答案如下：第一、排隊就很可能會失敗，因為總有人不排隊；第二、降維攻擊才能成功（降維攻擊定義：就是你有道德我沒道德，你死，我活；你我都是人你還要做人我自降為禽獸，你死，我活），老實排隊的一定輸給不老實排隊的；第三、在這個國度，惟成敗論英雄，不講真善美，我發財了我升官了我出名了我過關了，不排隊佔了便宜成功了就是真英雄。

一個國家，一方水土，其實和一個人一樣。改進衣服和配飾等等外在，很快，改進容貌和身材等等肉身，慢些，改進行為、氣質、三觀等等骨髓裏的東西，遙遙無期。

關於愛情
愛情如何對抗時間

躺在庭院

星星滿天

你滿眼

你說明年再見

酒保說明天來電

──〈停電〉

攝影師：黎曉亮

愛情如何對抗時間？

我一直被時間困擾。

我越觀察天地間的變化輪迴，越對時間充滿困惑。比如，人的生死。生的時候，閉眼、皺眉、蜷縮，毛髮稀疏，不能行走，彷彿一個皮膚細嫩的老人；死的時候，閉眼、皺眉、蜷縮，毛髮稀疏，不能行走，彷彿一個皮膚粗糙的嬰兒。比如，天的四季。春生，夏長，秋收，冬藏，然後循環，似乎一切照舊，但是似乎一切又都不同了。

作為碼字的人，我有碼字人的驕傲，我認為好的文字能流傳久遠，超越現世的榮辱毀譽，在某種程度上戰勝時間。有次我給兩百個經理人講戰略規劃，說到企業使命，不一定要做很大的事情，但是要做讓世界變得更美好的事情。我問：大家都知道蘇東坡，但是大家知道蘇東坡甚麼？沒人知道蘇東坡的領導是宋甚麼宗，有個別人知道蘇堤，更多人知道東坡肉，知道最多的是「明月幾時有」。

我剛開始寫作的時候年少輕狂，我立志，文字打敗時間。四十歲出頭，出版了六個長篇小說之後，我發現，這個志向需

要修正。首先，文字打敗不了時間。漢字就是三千多年的歷史，再過一些年，地球是否存在、人類是否存在都要打問號。再過一些年，或許宇宙這盆火也會最終熄滅，世界徹底安靜下來，時間也癱倒在空間裏，彷彿一隻死狗癱倒在地板上。其次，字斟句酌，每個長篇都計較不朽，容易擰巴，有違天然，不如稍稍放鬆，只要在金線之上，讓文字信馬由韁，花開，花落。

作為一個寫情色小說的前婦科大夫，我一直想知道，愛情到底是甚麼？從外生殖器看到內生殖器，從激素、體液學到神經，我一直試圖明白愛情的生理基礎。

愛情大概始於一些極其美妙的剎那。在剎那間，覺得她那雙眼睛可以吸盡一切光亮，覺得她攏在耳邊的頭髮一根根晶瑩透明，覺得自己的手不由自主一定要伸向另外一個肉身，覺得自己的肉身一定要撲倒另外一個肉身，然後，就不管然後了。在剎那間，希望時間停止，甚至無疾而終，在剎那間，就此死去。

那是一些激素繁盛的剎那：腎上腺素、多巴胺、強啡肽，如煙花、泡沫、閃電，剎那綻放，剎那凋亡。

幸或者不幸的是，人想死的時候很難死掉，夢幻泡影閃電煙花之後，生活繼續。愛情如何對抗那些璀璨剎那之外的漫長時間？

一男一女，兩個不同背景的正常人類，能心平氣和地長久相處，是人世間最大的奇蹟。似乎悖論的是，如果想創造這種奇蹟，讓愛情能長久地對抗時間，第一要素還是要有那些愛情

初始時候的濃烈的璀璨的剎那。

　　剎那之後，哪怕這些剎那都成了灰燼、成了記憶，還是愛情死灰復燃的最好基礎。你曾經覺得她美若天仙，幾年以後，多年以後，儘管你已經習以為常，偶爾，她洗完臉的一剎那，你還是覺得屋裏似乎亮了很多；她的頭髮迎了天光的一剎那，你還是覺得彷彿珠玉瓔珞；她轉過身子的一剎那，你的肉身還是想去撲倒。初相見之後的愛情似乎屬於體液流淌的世界：說不清的，不具體的，和觸覺更相關而不是和嗅覺更相關的，瀰漫的，籠罩的，和懷抱更相關而不是和兩腿之間更相關的。

　　另外，在最初的愛情過後，為了讓愛情對抗時間，需要調整調整心態，不求刻刻「停車做愛楓林晚」，但求歲歲「相看兩不厭」。一些非自然、非生理的因素似乎開始起越來越重要的作用，比如三觀，比如美感，比如生活習慣。你愛古樹，她愛跑車，你愛雍正，她愛乾隆，你愛開窗，她愛空調，這樣的愛情，似乎很難對抗時間。

找個好看的撲倒

　　有個大姐在飯桌上問我：「最近愁死了。唯一的女兒進入頻繁戀愛期，找的男朋友無一例外都是帥哥，怎麼辦？」我問她，你女兒找男朋友的標準是甚麼啊？她說：「好看啊。你說，這可怎麼辦啊？」

　　這個大姐三十年前出來撈世界，憑着智商和人品打下了一片好大的天，如今除了要做點有意思的事兒和照顧好唯一的女兒之外，沒甚麼其他念想。過去三十年，這個大姐經歷過很多難事兒，世事越來越洞明，人事越來越練達，心裏撒滿了沙子，背後插滿了刀子，從來沒說過「愁死了」。在女兒好色這件事兒上，她第一次犯了愁。

　　如果我順着這個社會的現行三觀，我會和大姐一起發愁，怎麼辦啊，女兒如此不堪。但是長期以來，我一直以大尺度的時間和地域為軸，以文、理多學科為參照，調整完善我的三觀，出來的觀點往往和現行三觀相左。我和大姐聊：「大姐，你好好想想，還有比好看更重要的找男朋友的標準嗎？我如果有個女兒，如果衣食不愁，我一定會勸她，找個賞心悅目的男朋友，

其他都是附加條件。」

一切其他條件都不一定比好看更靠譜。

有錢？溫飽之後，錢就是一個數字，和電子遊戲中的分值類似；錢就是一些資源，讓你能做成一些事兒，也能讓你成為一些事兒的奴隸；錢就是一個心魔，讓你感覺牛逼和安全，也讓你覺得淒涼和恐懼。

有背景？背景就是爹是誰誰媽是誰誰爺爺是誰誰奶奶是誰誰姥爺是誰誰姥姥是誰誰。首先，這些背景和這個男的沒有直接關係；其次，這些背景也是雙刃劍。你看他起高樓，你看他樓塌了，起高樓時，這個男的不一定能守得住底線；樓塌時，這個男的不一定能跑得了。

受過良好教育？這個稍稍靠譜點。但是學歷好可能只是會考試，讀書多和有智慧也不一定都是手牽手。還需要注意的是，看簡歷中教育那一項，一定要關注本科這一欄，碩士、博士以及海外經歷裏水份容易多。漢語博大精深，「畢業、肄業、博士後、訪問學者、遊學」，初相見也不好意思往死裏做背景調查，不容易分辨是在伯克利拿了雙博士學位還是只在校門口自拍了幾張照片。

我給大姐做的類比是財富五百強。儘管都二十一世紀了，儘管股災都好些次了，評選財富五百強還是只用一個看似完全不完美的指標：銷售額。

看似不靠譜的「好看」，其實有它堅實的生理基礎。花無百日紅，人無千日好，仔細分析，戀愛大致可分為三階段，挑

三句詩來模糊定義。

第一個階段，「須作一生拼，盡君一日歡」（牛嶠句）。這個階段是一見之後，想再看一眼、兩眼、三眼，看了幾眼之後，心動、心悸、心梗，呼吸加速、呼吸急速、呼吸暫停，僵硬、強直、濕潤。這一階段起主要作用的是腎上腺類激素，起效快、爆發強，持續短，「生存還是不生存」已經不是問題，「撲倒還是不撲倒」才是當下這一剎那的唯一問題。

第二個階段，「在一起就一切都對，一切。不在一起就一切都不對，一切」（馮唐句）。這個階段，不一定每時每刻要撲倒，但是每時每刻想見面。人分兩類：是他和不是他。時間分兩種：他在和他不在。是他，他在，就一切都好。不是他，他不在，就一切都不好。腦子裏一個持續的指令是：膩在一起，膩在一起，膩在一起。這一階段起主要作用的是多巴胺，起效不快不慢，持續不長不短，對於某個特定的男的，一兩年也就過去了。

第三個階段，「相見亦無事，別後常憶君」（厲鶚句）。這個階段，不一定要時刻撲倒，也不一定要時刻在一起。儘管在一起也沒甚麼緊急的事兒需要商量，也沒有甚麼特別新鮮的事兒要分享，但是分開一段，總是想再見到他。他在，心裏就踏實、放鬆、舒服、自在，隨心所欲而不逾矩，彷彿一個極熟悉的環境，一個似乎普通的好天氣。這個階段起重要作用的是內啡肽，作用類似嗎啡，起效慢，持續時間長，讓你不再焦急、鬱悶、無效忙碌。

戀愛的這三個階段也相互影響，不能絕對分開。第一階段初相見要撲倒的激動不會持續很長，卻是第二階段如膠似漆的基礎。第二階段如膠似漆的肉麻不會持續很長，但是儘管燒成灰燼，也是第三階段相看兩不厭的基礎。

　　說了這麼多，我也不知道大姐能記住多少，所以總結一點容易記得的給她：戀愛中幸福的捷徑其實就是——

　　簡簡單單找個好看的撲倒。

自己穿暖，才是真暖

　　網絡上時常出現些新詞，我不認識的時候就去請教八五後甚至九〇後的小朋友們，不方便的時候，也用谷歌和百度。

　　最近聽到一個不懂的詞叫「暖男」，似乎很多婦女一聽到這個詞就眼眶濕潤、內心腫脹、欲語還休。這個詞不好發音，常常被誤會為「卵男」。

　　百度百科的定義如下：暖男（Sunshine Boy），本意指的是像煦日陽光那樣，能給人溫暖感覺的男子。他們通常細緻體貼、能顧家、會做飯，更重要的是能很好地理解和體恤別人的情感，長相多屬纖細乾淨的類型，打扮舒適得體，不會顯得過於浮躁和浮誇。小清新強調外在形象，而同系列的暖男卻更強調內在。同時也稱顧家暖男。指那些顧家、愛家，懂得照顧老婆，愛護家人，能給家人和朋友溫暖的陽光男人。

　　我問了幾個男男女女，用更易懂的語言定義：智商、情商、能力、體力、外貌、資產，平平或者偏下，但是夠閒、夠賤、夠耐心、夠熱愛瑣事。

　　女人如水，再強的女人也有柔弱的時候，希望化成液體，

肆意嬌羞流淌，任意撒巴糾纏。

　　女人的柔弱，常常在愁中、戀中、病中。暖男的好處，也充份體現在她們的愁中、戀中、病中。

　　女人在愁中常常抱怨工作：老闆不懂瞎指揮、罵你、總把資源投放到胸大的其他女人身上，同事妒嫉你又年輕又能幹，下屬不聽話不吃苦。

　　暖男不會説：你老闆罵得對，換了我也這麼做。暖男也不會説：你先好好想想自己的不足，想想老闆把資源投給別人除了她胸大還可能有其他甚麼原因，你應該這麼這麼做，你老闆就不罵你了。

　　暖男會買一杯你喜歡的手磨滴漏咖啡和一塊今天上午剛烤好的栗子蛋糕，到你辦公室，一邊看你吃蛋糕喝咖啡，一邊説：你老闆就是一個智商和情商都低的純傻逼，你同事就是純妒嫉，你下屬就是純爛；別煩了，我們下午去逛街買裙子，然後看電影，然後做 SPA，然後找個暗黑料理，狂吃一頓。

　　女人在戀中常常抱怨戀人：也不是國家總理，忙得好幾天沒見人了，電話也短到三句話不到（見面之後倒是電話不斷），一天也不説句「我愛你」，也不看你新洗的頭髮。

　　暖男不會説：從前十個月的數據看，今年中國 GDP 增長很可能保不住 7.5% 了。霧霾這麼重，房子誰還買？反腐這麼嚴，餐飲業怎麼辦？你男友做生意一定面對更多的困難和壓力，你應該多理解、多鼓勵他。暖男也不會説：過兩天你男友就回來了，這兩天你煩了就去三里屯找個酒吧喝兩杯霞多麗乾白。

暖男會讓你的電話響起，然後説「你開門，我就在門外」，捧着大束的百合花、香檳、蔬菜和肉，説：「我給你做頓飯吧。」百葉結燒肉、藍鰭金槍魚魚腩刺身、清炒大豆苗，吃完飯，一起在網上看兩集《非誠勿擾》。

女人在病中常常擔心身體：上次手術把子宮肌瘤去了，下腹似乎總是隱隱不適，是不是又復發了？會不會癌變？為甚麼不幸的人總是我？

暖男不會説：子宮肌瘤是非常常見的婦科疾病，你心病遠遠大於身病，警醒吧！你這樣下去很容易被自己和醫生鼓動，過度醫療的！暖男也不會説：再去醫院複診一下，這樣心裏踏實些。

暖男會寄一個包裹，裏面有：半打內衣，添加純中藥和有機芳香植物提取物，有效防止子宮肌瘤復發；一本關於身心靈修煉的書，外國資深修女或者台灣精緻老婦女寫的；一個32G閃存盤，裝滿最新的韓劇和美劇。

我要是女人，我想我也會在某些瞬間愛上這些暖男，被這溫柔一刀砍倒。但是，剝開這層溫暖，就是明顯的問題。這是病，這得治。

如果把暖男當成最親近的男性朋友，他們成事不足，敗事有餘。他們總是安慰，很少緩解，從不治癒。他們長期的作用是把你墜得越來越低，讓你成為更差的你。聽一個女性朋友説，曾經有個暖男癡迷她，盡量陪伴。一次電視台採訪她，他也在，她把相機給他，讓他隨便照點花絮。兩個小時之後，採訪結束，

她看到相機裏一張照片也沒有，問他怎麼回事兒。他說：你實在太美了，只下意識地癡看，完全忘了照相。這個女性朋友說：當時，我用盡了全部教養，沒一個大嘴巴抽他。

如果把暖男當成以結婚為目的的男朋友，你在結婚之後很可能會發現，這個暖男其實是猥瑣男變的。在你成為稀鬆家常之後，暖男不夠閒了，看東瀛 AV 多過看你了；也不夠賤了，脾氣一天天大了起來；也不夠耐心了，常常反問你有問題為甚麼不自己去谷歌或者百度；也不夠熱愛瑣事了，買菜也要和你分單雙日了。

兩個性別不同、成長背景不同、教育背景不同的男女個體，三觀接近的概率很低，以反自然反禽獸的婚姻形式長期愉快相處的概率幾乎為零。即使這樣，兩個人還是要愛過，就算之後愛成了灰，也是後來婚姻的基礎。你和暖男的基礎內核不是相互的貪戀，這個，你知道。

說到底，女人還是要自強：不容易生病的身體、夠用的收入、養心的愛好、強大到渾蛋的小宇宙。擁有這些不是為了成為女漢子，而是為了搭建平等的基礎。自己穿暖，才是真暖；自己真暖，才有資格相互溫暖。

女神一號是如何煉成的？

我生在五月中旬，我是金牛座。按星相學家的說法，金牛座貪財好色，所以，我也是；金牛座貪財大於好色，所以，我也是。或許因為我又是金牛座，又曾是婦科大夫，又寫過一些情色的小說，常常有人問我，你喜歡甚麼樣的女生？

這是少數幾個能把我一下子問愣住的問題之一。另一個類似的問題是「你新出版的長篇小說寫的是甚麼」，再一個類似的問題是「你為甚麼要把泰戈爾的《飛鳥集》翻譯成『有了綠草，大地變得挺騷』」。

有一次，我真逼著自己仔細想了想，我到底喜歡甚麼樣的女生？我發現，我四十歲之前和四十歲之後的答案並不一樣。四十歲之前，心智基本還是個少年，最喜歡愛笑的女生。女生一笑，她的臉就像枝頭上的花開了一樣，就像雲裏的月亮露出來一樣，就像大地上的草綠了一樣，挺騷。四十歲之後，我意識到自己一身臭毛病，意識到在有生之年改掉所有臭毛病而立地成佛的概率非常低，於是破罐子破摔，在好些方面放棄對於自己的劣根性的清除，越來越喜歡不挑我毛病的女生。不挑我

毛病的女生就是女神，不挑我毛病的女生廣袤如大地，不挑我毛病的女生最美麗。

愛笑和不挑毛病，這兩條看似簡單，其實很難做到。放眼望去，難看的花草很少，放眼望去，難看的女生還是很多。如果女生愛笑、不挑毛病，女生就像花草一樣，風裏雨裏雲裏霧裏，無論如何，很難難看。

再往深了想，四十歲之前和四十歲之後喜歡的女生，不變的是甚麼？愛笑和不挑毛病的女生的共性是甚麼？是健康，是全面健康。

第一，**身體健康**（Functional Health）。身體健康是西醫的狹義健康，是其他健康的基礎。除了沒有臨床病症，廣義的身體健康還可以包括面容姣好、身材魔鬼、氣象萬千。女生似乎總是關注頭顱前面這張臉，其實魔鬼身材的力量可能更大、更持久，特別是在這張臉越來越難辨真假的今天。更少見的美麗是氣象萬千、氣場巨大。我在唐詩裏讀過杜甫寫的舞劍的公孫大娘，我在二十一世紀後也見過幾個大姐，臉實在一般、身材實在一般，可是接觸下來，總能看到她們眼睛裏的光芒。不得不承認，有些人自帶土氣，有些人自帶光環，儘管我苦思冥想，不知道這是為甚麼。

第二，**智識健康**（Cognitive Health）。有學習能力，全新的東西，看幾本書、和幾個人聊，就基本知道是怎麼回事兒。有洞察能力，看得到常人常常忽略的細節，想到常人常常想不到的要點。有分辨能力，很複雜的問題，能很快梳理清楚、形成

靠譜的假設、知道下一步做甚麼。女生不只要在意胸，還要在意腦。如果必須選擇，必須給出主次，寧可胸小，不可無腦。人類或許是自然界中最能從智識活動中獲取快感的動物。和胴體的快感相比，智識的快感儘管虛幻，但是根深蒂固，不可斷絕。特別是面容、身材的確一般，氣場的確稀薄的女生，腦子靈光也可以燦若桃花，「雖然你長得醜，但是你想得美啊。」

第三，**情感健康（Emotional Health）**。和男生相比，女生似乎更習慣性地被情緒控制。我老媽對這個世界永遠充滿憤怒，她化解情緒的方式有兩種，一種是直接罵我老爸，另外一種是找幾個人聽她罵我老爸。我和老媽仔細談過兩次，希望她能知道這樣不好。第一次，我勸她盡量減少慾望，慾望少了，失望就少了，憤怒也就少了。老媽說，如果沒了慾望，就是死人了，她需要感到她還活着。老媽還補刀說，如果當初沒有慾望，怎麼會有你呢？第二次，我勸她，排解情緒的方式不只是罵老爸，比如還可以默唸一千遍六字真言「一切都是浮雲」。老媽想了想說，這個太單調了，如果天天默唸形成了習慣，就成老年癡呆了，就成你老爸了，不要。我總覺得我老媽是個案，一定有些女生能意識到，過度情緒化不一定是健康的。在這個認知的基礎上，暗黑情緒也可以通過非罵街的方式舒緩，比如飲酒，比如睡小鮮肉，比如購物。

第四，**神靈健康（Spiritual Health）**。我固執地認為，女生是高於男生的物種，任何女生在不自覺的時候都充滿神性。男生帶着胯下的二兩肉，體會神性需要漫長的修行，而女生每月

體會眾生皆苦．抬頭望望星空、低頭想想情人，就能體會到脫離地面的柔軟。珍惜這些柔軟，它們比山川和詩歌更加古老，更加有力量。

身體、智識、情感、神靈，全面健康的女生最美麗。這個事實，沒有一個美容醫生會告訴你。

除了包包，還有詩歌

我背詩的習慣養成得很早。

上個世紀七十年代，甚麼都缺，甚麼都不讓做，甚麼方向也沒有，我剛上小學，雞雞在夜晚還不會自己莫名其妙地硬起來，我背《毛主席詩詞》和《唐詩三百首》，打發漫長的、無所事事的一天又一天。我歌舞奇差，五音缺三，如果讓我跳舞還不如讓我跳樓，音樂老師考試時候說，小唐，開始跳，我一屁股癱軟在地上，地球不動，我不動。

背詩除了消磨時光，還是我討好世界的主要手段。我老爸帶我去公共浴池洗澡，我和幾個倒霉孩子在大池子裏撲騰游泳，一些大人覺得煩，低聲罵。我光着身子站上池子邊，用全部的肺泡喊了毛主席的兩句詩：「自信人生二百年，會當擊水三千里。」一時，全部大人都被驚到了，再也不罵了，我跳進水裏，和小夥伴們繼續撲騰。我不知道人通常會活幾年，也不知道「擊水三千里」出自《莊子》，我只是突然體會到詩歌的力量。此一時，小雞雞似乎都比平時硬了一些。

語文老師帶我們去龍潭湖春遊。她是個胸不太大、心有些

擰巴的婦女，她說，等春暖花開了，到處都是春色，再去春遊太沒意思了，就在這一朵花還沒開的時候，看看你們有沒有本事發現春的信息。我和小夥伴們圍着龍潭湖這個龍鬚溝臭水溝的終點，走在凜冽的殘冬的風裏，流着鼻涕，小賊一樣四處踅摸春的信息，心裏罵這個女語文老師，大傻逼。天很快就要黑了，有似煙似霧的東西從臭水溝的盡頭升起，讓一片葉子都沒有的樹變得生動，女語文老師問我們想到了甚麼。我心裏想：甚麼時候讓我們回家吃晚飯啊？我嘴上說：「平林漠漠煙如織，寒山一帶傷心碧。」女老師嘆了一口氣，讓我們回家去了。後來她說，她的文學書我隨便借去看。

長大之後，背詩繼續給我很多方便。比如有一次和眾多民謠歌手在他們演出之後吃燒烤、喝啤酒，喝得快高了的時候，偉大的盲人歌手周雲蓬和我說，划拳太低俗了，我們比賽背唐詩吧，一個人起頭句，另一個人接着背，背不出喝酒，喝完他再起另一個頭句。後來，周雲蓬很快喝多了，我一直想喝也沒得逞。再後來，有個叫王小山的和我說，欺負盲人不好，我說我也這麼覺得。他和我繼續比賽背唐詩。後來，他一直喝，也沒喝多，他酒量太好了，我實在睏了，先走了。

我寫詩有過兩個高產期，這兩個高產期之間隔了三十年。

小學快畢業的某一年，十二三歲，區裏教育局追新潮，不再舉辦一年一度的作文比賽，而是舉辦詩歌比賽。語文老師問我，背了那麼長時間的詩，自己會不會寫詩？我說從來沒寫過，試試。我一晚上一氣兒寫了二十首，都是用現代漢語模擬唐詩

詩意，主要參考書籍是《全唐詩》和《朦朧詩選》，裏面每個句子都不像人話。我估摸着，沒準兒評委老師看不懂又覺得有底蘊就評我當全學區第一了。寫完了二十首詩之後，我興奮得睡不着覺兒，站在床上，天花板很低，人生第一次，我覺得自己很牛逼，天地之間，最大的就是我了。一時間，我想起那個傳說，釋迦摩尼誕生時，一手指天，一手指地，說，上天下地，唯我獨尊。一時間，我非常理解釋迦摩尼，為了表達我的心情，在二十首詩之後，在逼自己睡着之前，我又寫了一首非常直白的詩，通篇用了比喻：

印

我把月亮戳到天上
天就是我的
我把腳踩入地裏
地就是我的
我親吻你
你就是我的

詩歌比賽結果公佈了，第一不是我，二十首詩的詩稿也沒還我，我只記得這首直白的詩，重新默寫在本子上。或許就是因為這首詩，評委老師和我語文老師說，小心我有成為流氓的傾向，語文老師又原話轉告了我媽。在我成年之後，我媽和我說起那首有流氓傾向的詩，她說，雞雞其實比親吻更像印章，

我想了想，不知道如何接她的話。

　　小學那次詩歌比賽之後，我就把寫詩的事兒徹底忘了。我還保持着背詩的習慣。腦子裏事兒太多，晚上睡不安穩，就把《唐詩三百首》打開，背背，十幾首之後犯睏，一下子入夢，夢裏三月桃花，二人一馬。

　　四十歲之後創業，身心煎熬，飛行多，酒多。身體極累的時候，心極傷的時候，身外有酒，白、黃、紅，心裏有姑娘，小鳥、小獸、小妖。白黃紅流進身體，小鳥小獸小妖踏着雲彩從心裏溜達出來。身體更累，心更傷。風住了。風又起了。沿着傷口，就着酒，往下，再往下，潛水一樣，掘井一樣，挖礦一樣，運氣好的時候，會看到世界裏從來沒有的景象，極少的字詞、句子在虛幻裏暗暗發光，瓔珞一樣、珠玉一樣、眼神一樣、奶頭一樣。語言乏力，多說必然錯，只好只求直白，只用賦、比、興，直接瓔珞、珠玉、眼神、奶頭，剔掉一切多餘，比《詩經》《唐詩三百首》《千家詩》還直白，使用漢語的效率更高。這第二個詩歌高產期持續了兩年，寫了一百五十多首詩，總字數不到八千字，剔除涉黃、涉宗教的，剩下一百首出頭，結集成我的第一個詩集《馮唐詩百首》。

　　我哥看完，反問我，這也叫詩啊？我想了想，不知道如何接他的話，就像無法和他解釋古玉和老窰之美。我說，反正詩集字少，空白多，你就當本子用吧。我哥又問我，詩有甚麼用？我想了想，還是不知道如何答他的話，就像無法解釋人類為甚麼需要博物館或者為甚麼看到湖水會舒心。

女人比男人感性，和我哥解釋不清的，我想女人容易明白。一個女人，如果找不到既給你買包包又給你寫詩、抄詩的人，從中長期看，找一個給你寫詩或者抄詩的人陪你消磨未來的生命，比找一個只會給你買包包的人更靠譜。

你不要輕易開一家咖啡館

　　似乎每個男人都在生命中的某個階段想過開一家小酒館。交通方便又相對安靜，最好有個小院兒或者露台，至少有些茂盛的植物，桌椅舒服而乾淨，菜品簡單而新鮮，常吃不厭，當然要有酒，酒的來路清楚、價格合理，當然要有老闆娘，老闆娘的來路不明，醉眼看上去手腕子很白、脖子很白、瞳孔很黑、頭髮很黑。

　　自己有家這樣的酒館，好處有：到了飯點兒或者需要請客，總有個地方可去，總有一個包間或者一張僻靜的桌子（也奇怪了，即使在碩大的北京，似乎遍地館子，但是想要訂個吃飯的地兒，常常想不出該訂甚麼）；讓別人覺得自己混得不錯，內心一股作為地頭蛇的榮耀感油然而生；自帶再多酒水，也免開瓶費；可以嘲笑大廚而不用擔心他往你菜裏吐痰；偶爾自己下廚做點時令菜，格調瞬間爆棚；總有人陪你喝酒；喝多了有人管，不怕裸睡街頭；吐了就吐了，不怕丟人現眼；能多見到幾次以前的老朋友。但是，放眼周圍，似乎很少有男人心血來潮真這麼做了，細想原因，一個是怕麻煩，另一個是希望館子的

78

選擇多一些。這兩個原因似乎都和男性的基因編碼有關，老婆不能常換，館子總可以吧？如果自己開了一個館子，這種換館子的自由也減少了，何苦？

似乎每個女人都在生命中的某個階段（如果不是絕大多數階段）想過開一家咖啡館。最好離開正統工作環境，不要老土的總在寫字樓一層或者地下；最好又不要距離寫字樓太遠，走路十來分鐘能到，和工作疏離又不遠離；裝修要有意思，或者一看就是不太一樣的藝術感，或者眼睛安放的所有點都是眼睛喜歡的甜甜糖果；座椅要能把人陷進去、藏起來；空氣裏永遠是各種咖啡豆和水和氣混合碰撞出來的複雜香味，聞幾分鐘就想坐下來打開電腦寫點甚麼或者陷在座椅裏發呆想起以前想不清楚的一切。

自己有家這樣的咖啡館，好處有：讓別人覺得自己混得不錯，不僅在地頭上混得開，而且混得非常文藝；在這個城市，永遠有個飄滿香氣和陽光的空間是自己的；永遠有個工作，否則還得開個股票賬戶和別人強調自己是做金融投資的；人永遠有個去處，哪怕沒了娘家；自己從少女時代收攏的各種「珍寶」都有了去處，不怕別人說甚麼；自己的咖啡館是自己的城堡，在自己的城堡裏，自己才是永遠的公主、永遠的皇后；似乎挺省事的，需要的投資不大，要僱用的不多；清爽，沒有烹炒煎炸，沒有鬧酒打罵；或許能多些艷遇，甚至能遇上那個一生中最對的人。

但是，喝咖啡和開個喝咖啡的館子是兩回事兒。你手沖咖

啡比星巴克的咖啡好喝無數倍，你做的糕點比星巴克的糕點好吃無數倍，你設計施工的室內裝修秒殺星巴克，這些並不意味着你開個咖啡館就一定能戰勝星巴克。

開咖啡館首先是個生意。不當生意做，就做不長久。熱愛喝咖啡、擅長沖咖啡只是起點，離做個好咖啡館還有很大距離，彷彿以戀愛為樂和以戀愛為生差很遠，彷彿以鬧革命為樂和以鬧革命為生差很遠。

把咖啡館當生意做，就必須面對一系列冷冰冰的商業問題：如何掙錢？如何多掙錢？如何持續地多掙錢？

你說：我二十塊錢買的咖啡豆，手磨手沖了一杯咖啡，賣了四十塊，掙錢就這麼簡單。

掙錢從來沒這麼簡單。誰買你的咖啡？他們有甚麼特點？他們有多少人？他們每週喝多少杯咖啡？他們怎麼知道你在賣咖啡？他們為甚麼要買你的咖啡？

忽略其餘，我再就一個問題細問：他們為甚麼買你的咖啡而不是別家的？

你說：他們買我的咖啡是因為我的咖啡便宜。

好，那你打算如何做到——同樣種類和質量的咖啡豆，你進貨比星巴克進貨便宜很多（我讀書多，你別騙我）？同樣地段的店面，你租比星巴克租便宜很多（我讀書多，你別騙我）？你有情懷，你僱的人都有情懷，工資比星巴克少一些又怎樣（我讀書多，你別騙我）？

你說，他們買我的咖啡因為我的咖啡太好喝了，星巴克和

我比就是屎。

好，你如何做到你用的豆子比星巴克用的好很多？

貓屎咖啡、大象屎咖啡、人屎咖啡。

好，你如何保證用這些豆子不會貴到物無所值？你如何保證這些豆子有長期穩定的供應？你如何能讓你的顧客明白你的咖啡和星巴克之間的區別（審美教育是個漫長的過程，而且常常不能奏效）？沖法和用具也一樣，你確定你真喝得出虎跑泉水和怡寶純淨水泡出咖啡的區別嗎？

那你確定顧客喝得出來元代鈞窰手把杯和金代鈞窰手把杯盛咖啡之間的區別嗎？

這才只是聊了聊產品問題，還有組織和人事。三人行必有我師，三人湊在一起必有逼撕。還有很多相關方的協調：供應商、物業、消防、工商、稅務、媒體等等，他們通常不太咖啡也不太文藝。

所以，儘管現在是個體戶 2.0 元年，舉國創業，不創業、沒天使投資人、不弄個 APP 都不好意思辭職，你如果上述問題沒想清楚，我還是勸你不要輕易開一家咖啡館。

有人相信愛情，有人相信靈修

　　我一直從心底裏認為，女性是比男性高出很多的物種，這也是我從小熱愛婦女遠遠多於喜歡男性的直接原因。

　　女性總能放下很多所謂的大事，享受一個嬰兒的觸摸、一條街道的變化、一杯説不出哪裏好的茶、一個和泥土和山河一樣土氣的杯子、一件不貴也和去年款式沒甚麼大不同的裙子、一場毫無特殊意義的雨、一樹每年都來的花、一個明天似乎也有的今天的夕陽。而男性似乎總是為那些所謂的大事而變成一個大小不等的傻逼，為拿到一個項目而連續趕早班機而輕別離，為中華之崛起而發奮讀書而近視，為早半年升合夥人而連續熬夜而損十年陽壽，為進富豪排行榜而不擇手段而失去自由，為文章不朽而探索人性而抑鬱。女性總是有種內在的判斷能讓周邊的事物趨向更加美好，讓一個花瓶裏的花草妥帖，讓一個空間裏的事物排列出她的味道，讓她的頭髮比花草更美好。男性在修煉成功之前（絕大多數在死前都沒成功），似乎總是有種不知進退而成為二逼的風險，過份執着到死撐，過份淡定到麻木，過份較真兒到迂腐，過份邋遢到鼻毛過唇。兩個人站着、

不説話、場面一度非常尷尬，沒見過任何一頭男性的頭髮能美好如花。如果以個體的生存能力衡量，女性每月流血不止而不死，女性都是不怕痛的英雄，女性的平均壽命完勝男性。如果以種群的繁衍能力衡量，女性能生孩子，男性不行。

最近，連續三個場合，我被三個偉大的女性安利「靈修有多麼美好」，她們堅信我應該也積極參與並做出應有的貢獻。出生後，我也曾被建國以來我國領導人迷戀過的各種神功吸引過，後來這些神功的創始人都被揭露為騙子、被扔進監獄、被在輿論裏消失。在我閒得蛋疼整日讀閒書的醫科學生時代，我還涉獵過很多靈異學，比如精讀過《身體騰空特異功能修持秘法》之類的書籍。這本書由北京體育學院出版社出版，麻原彰晃等著，朴飄、靜空等編譯。後來這個麻原彰晃在東京地鐵鬧出了很大的事情，毒殺毒傷了很多人。我還被父母逼着喝過很多紅茶菌，練過不少功法，也嘗試着接收過不少宇宙信息。多年以後，想起自己少年時代涉獵過的這些事兒，覺得人類真是進化不完全的動物，覺得腦子真是個好東西，我也應該有一個。我不是非常理解，總體而言，為甚麼男生這類低等物種長大以後都很少再涉獵靈異學，女生反而大愛靈修？

我召喚了我的「空杯心態」修持秘法，誠心誠意地了解這些偉大女性安利我的美好靈修，我説：啥玩意兒？真的啊？我能學到甚麼呢？給我講講吧！然後，我聽到了如下核心詞和核心句子：

「這是一個非常小眾的、受邀才能參加的生命教育課程。」

「很多很牛的人參加之後都說有收穫，我也很好奇，你難道不好奇？」

「我給你看下一屆學員的名單，都是大牛人，都已經有明確的意向要去，真的建議你也去，肯定會有收穫。」

「靈修的地點在夏威夷，找個地方放鬆一下也好啊。其實哈，說是課程太過簡單，其實更是一個精心打造的環境，幫助其中的人打開覺察，縮短知道和做到的距離。我去年上了一階課程，真正讓我覺得醍醐灌頂的是今年上的二階。突然讓我意識到我自以為好奇、好學地學了一輩子，其實關於人生那四天已經足夠。我突然意識到自己其實就是一隻井底之蛙，只不過井口可能比有些人的稍大一些。我過去所有的世俗成就塑造的是非對錯標準與強烈的價值觀都是井壁，都是我執。只有把自我縮小後試着放下自己，井壁才能落下，我才能看到、聽到過去即使擺在我面前也聽不到、看不到的東西。我在等待邀請，能有機會參加下一階段的修行。」

「你問我學到了甚麼？靈修不教你任何具體技能，它能燃起你的青春激情，告訴你不拘一格的思考方式，讓你做事更加聚焦、生命更加圓滿。你不要撇嘴，說實在的，我覺得你在這幾個方面都缺，只是你不以為然，我無法喚醒你這個裝睡的人。」

這些核心詞句讓我聯想起建國以來我國領導人迷戀過的各種神功，激發了我辯論的慾望，我索性直接問：「女生為甚麼大愛靈修？」

「因為你們男生太讓人失望了！」

「因為女生比男生有靈性！」

「儘管靈修像中醫，騙子太多，但是真功夫是真管用的！」

雲在青天水在瓶，我忽然在瞬間失去了辯論的慾望。有人相信愛情，有人不。有人相信宗教，有人不。有人相信婚姻，有人不。有人相信中醫，有人不。一個讓天下太平的思路是：讓我們像容忍男生大愛手串一樣，容忍女生大愛靈修。如果女生鄙視男生大愛手串，這些男生就可能去摸另外一些更年輕的女生的手。如果男生鄙視女生大愛靈修，這些女生就可能親近另外一些更靈性的男生的身。

喝幾口就成了女神

　　似乎每個男人都追求牛逼，似乎每個女人都希望成為女神。

　　作為男人，在前半生，對於牛逼的追求給了我所渴求的大部份。而在後半生，我似乎要用整個半程來克服這種對於牛逼的追求。我在四十歲前後意識到，只有克服了對於牛逼的過份追求，才能真正避免成為一個傻逼，特別是，隨着年紀的增長，避免成為一個老傻逼。兩千多年前的孔子説，四十不惑，我猜想，他當時就是明白了這一點：為牛逼付出太多代價，就是傻逼。

　　女人不同，成為女神是個再正當不過的需求。

　　女生比男生早熟太多，很小就要把自己收拾得當，頭髮、衣服、説話，不要有差池，不要讓莫名其妙的人看笑話。再大一些，要掌控一段段的戀情，進退、得失、榮辱，想盡興，又不想輸得不可自拔。選了大叔或者小鮮嫁了之後，放下自己還是放下家，又是權衡，即使放下自己，家裏還是要自己説了算。生了孩子，又是權衡，權衡的結果往往是為了孩子進一步放下自己，但是在養孩子的這一點上，女人往往必定是女神，惟我

獨尊。

隨着年齡增長，我老媽越來越胖。我問，是不是您總是撐着架勢，總是想控制，原來的虛空後來就被肥肉填充上了？老媽說，不是，是被你這個小王八蛋氣的。我和老媽先是不能住在一個房間裏，再是不能住在一個屋檐下，再是不能住在一個小區裏。我受不了她總是從自己價值觀、世界觀、人生觀以及審美感覺出發，時刻指責我為甚麼這麼做、為甚麼不那麼做。她受不了為甚麼我沒有在搖籃裏任她擺佈時可愛了。我後來慢慢試出和她居住的最佳距離：八百米——走路十分鐘，走到了，手裏的一碗熱湯麵還沒涼。這樣，我聽不見她超高音頻的指責了，她面前也只有我小時候的照片而不是如今一張獨立思考的四十歲的老臉了。她開始養花草，她說，子孫不在身邊，她還能掌控多盆花草，澆水施肥之後，就會開花。

但是，現在的女人當女神似乎越來越難。老公越來越忙，兒子越來越有主見，婆婆和姑嫂以及小你十歲以上的姑娘們在現代化妝和整容技術的武裝下，老得越來越慢。老公忙得小跑去洗手間的時候，你讓他陪你去看夕陽，看多了，即使他還能保持隱忍恬退悠然南山的心態，他的前列腺也快發炎了。兒子有了自己的看法之後，你再用你的三觀籠罩他，他會盡早搬出家住校，逃離你的魔爪。和婆婆、姑嫂或者美艷小姑娘的競爭也很無聊，美容手術太痛，化妝太煩，健身太累。即使自己努力增加修養，背《唐詩三百首》、彈古琴古箏、練茶道花道香道，老公兒子還是貪看手機，「誰來共我山頭住」？

適度飲酒是成為女神的捷徑。

這個捷徑對於男人不適用。男人飲酒之後，想起一生追求然而沒得到的牛逼，淚花就落滿了一整張大臉，然後擦擦淚，開始訴說為甚麼周圍人都不對怎麼不對為甚麼待的地方不對但是自己不能離開為甚麼時機不對但是也說不好甚麼時候會對，總之為甚麼周圍那麼多傻逼自己不能牛逼都是這些傻逼害的。

女人飲酒，一點點，氣血有點加快，幾天勞碌漸漸變得容易承擔。再喝一點點，臉色多了些桃紅，世界有些朦朧。又喝一點點，頭髮有些閃亮，心有些柔軟。再喝一點點，脊柱有些發軟，索性就半軟在椅子裏，又怎樣？反正周圍也沒有壞人。又喝一點點，心裏的糾纏和擰巴散開，嘴上的話有些多，平時死活說不出口的煩惱就在喝下一口之前說了，又怎樣？再喝一點點，記憶裏和感官裏的牆逐漸坍塌，記起了白日裏、黑夜裏、夢裏很多美好的小事兒，這些小事兒才是生命裏的精華，大事在酒精裏都已經忘得一乾二淨。又喝一點點，想起以前的諸多權衡取捨，嘆一口氣，覺得自己在大多數情況下還是對的，無可奈何是人生常態，扭頭看窗外，看着對面的男子，心裏唱「紅莓花兒開」。然後上車，然後到家，然後找到床，然後轟然倒下，像所有女神一樣，沒人看到女神這些到家之後的然後。

唯大英雄能本色，唯酒後女人能本色。在這所有的飲酒過程中，女人呈現出比完全清醒狀態下多很多的真實，比完全清醒狀態下更像樹、花、孩子、食草動物，真實地隨風開放，隨風搖曳，隨風張牙舞爪，隨風香百步。

下次又有當女神的衝動時，抓個有趣的人，說：咱們去喝一杯吧？

友情提示——飲酒成性的女神不完全名單包括：英國首相撒切爾，法國作家杜拉斯，中國作家張愛玲，美國演員夢露，很多日本女優等等。

友情提醒——酒駕被抓住會坐牢，哪怕你是女神。過度飲酒和任何過度一樣，有害身心健康，哪怕你是女神。

關於意義
想起一生中後悔的事兒

每小時，閉閉眼或者看看天

每天，想想你，去三趟衛生間

每週，進一次樹林或者湖泊

每月，看一眼我媽我爸

每年，讀一朝正史，寫十萬字，收一塊玉，爛醉兩次

每十年，去一回地獄，日一回邪逼

每百年，一次自殺，培育一種新花

——〈責任〉

攝影師：黎曉亮

毫無意義的一天

　　小學和初中作文，記人、記事、記活動，常見的一個題目是：特別有意義的一天。我遠離了小學和初中作文，但是想寫寫今天，題目就反着來，叫：毫無意義的一天。

　　二〇一六年五月十三日是我四十五歲生日，這是毫無意義的一天。

　　無論從甚麼角度衡量，我人生的上半段都在今天告一段落，明天就要開始下半段了，而且很可能是比較差的半段。

　　同樣吃一串葡萄，有人先從最好的一粒吃起，好處是每次都能吃到可得的最好的一粒，有人先從最差的一粒吃起，好處是每次都能吃到比之前更好的一粒。這兩種人，無所謂好壞，不同的人生態度而已。一串日子和一串葡萄不一樣，人過一生，沒甚麼可以選擇，日子一天一天過，無從挑揀好壞的順序。以前從來沒想過自己能從一個少年長到四十五歲的高齡大叔，今天，四十五歲的生日無可置疑地到來。

　　昨晚有好幾個好朋友問我：四十五歲也算一個大生日了，如何過？我想了想，又想了想，實在想不出如何過這個特別無

意義的一天。臨睡前想到了給自己的生日禮物：不上鬧鐘，四十五歲生日的早上，睡到自然醒。

結果像往常一樣，早上七點就醒了。想了想，上午還是有兩個推不開的事兒，儘管睡了一個小的回籠覺兒，還是上了九點的鬧鐘。

在這個毫無意義的一天，在浴室的馬桶上、鏡子前，在出租車的輪子上，我對比如今和記憶裏濃縮的青春，心頭還有諸多竊喜：

之一，眼睛似乎還是和兩三歲照片裏的一樣，淡定、好奇、乾淨。

之二，身體還能擠進二十歲時穿的牛仔褲。

之三，在街上看見一個穿緊身皮褲的漂亮女生背影，看了一眼，又看了一眼。

之四，少年時跑三公里總罵體育老師的娘三萬次，跑完總想死。從去年五月開始長跑，去年九月跑完全馬，今年年底的目標是十公里跑進五十分鐘。四月初在東京，渾身發緊，逼着自己早起跑步，跑到皇居，一圈，再跑回，一點不累，越來越快，十公里不到四十九分鐘跑完，提前完成今年目標。

之五，前半生認識的朋友來看我，是因為想看我而來看我，而不是因為我在某大機構任職或者剛得了一個世界第一、宇宙無敵的文藝大獎。

之六，還有後半輩子都做不完的正經事兒。比如，我還是想堅忍耐煩地推動建成幾個、十幾個有舊時風骨的協和醫院，

讓更多的醫療工作者體面地工作，讓更多的病人得到像人一樣的救治。比如，我還想再多讀幾遍、十幾遍《資治通鑑》，結合麥肯錫的十年鍛煉和之後的十年商業經驗，多寫寫如何修煉商業見識，再帶出十來個沒風都能低空飛行的青年才俊。

之七，在後半輩子都做不完的正經事兒之外，還有幾輩子都做不完的不正經的閒事兒。比如，四個長篇小說都打好了大致的腹稿，其中兩個都開了兩三萬字的頭兒，等着時間完成。比如，《搜神記》十三集全錄完、播完了，我要寫十來個短篇小說。比如，儘管我一定不當導演或者演員，但是我樂得變成文字發動機，樂得看到我的文字在各位影視大神的手上變為聲光電夢幻泡影。比如，我想學門冷僻的語言，從梵文、甲骨文、拉丁文、希臘文中挑一種。比如，我想把過去收集來的高古玉和高古瓷好好整理整理，給每件東西都做一個簡素的盒子，寫一篇小傳，用小號毛筆寫品類名字。比如，養好手腕，給答應過的幾個人刻印章。比如，儘管我知道，在我死前，我想讀的書已經讀不完了，但是，我還是想盡量多讀一點，誰知道下輩子還有沒有或者變成甚麼，還能不能享受讀書的樂趣。

之八，父母尚在，都還沒癡呆。中午請二老吃飯，我問老爸，您想再活多少年？老爸想了想，說，這個不好說。我問老媽，您年紀這麼大了怎麼還老操心這麼多閒事？老媽想都沒想，說，你高中早就畢業了，怎麼到了後半生還關心國家大事呢？「你今天生日，我唯一的希望就是你不要太累了。」

之九，北京今天的天兒可真藍。

既然歲月留不住，就讓我帶着這些小竊喜，慘然面對後半生吧。

　　補記：我小時候聽説，三十歲之前睡不醒，三十歲之後睡不着，我都四十五了，為甚麼還是總睡不夠呢？

真正的故鄉

　　我的生日是五月十三日，和王小波一樣。我寫這篇文章的時候，差一個月就四十五歲了。王小波差一個月四十五歲那天，在北京郊區心臟病發作，掛了。

　　我固執地認為，一個人在二十歲之前呆過十年的地方，就是一個人的真正的故鄉。之後無論他活多久，去過多少地方，故鄉都在骨頭和血液裏，揮之不去。從這個意義上講，廣渠門外垂楊柳就是我的真正的故鄉。

　　這裏原來是北京城的近郊。所謂北京城裏，原來就是城牆以內。北京城本來宜居，城牆一圈二十四公里，城裏多數兩點之間的地方走路不超過一小時。廣渠門附近的確多水，有大大小小很多湖、溝、池塘，有挺寬、挺深的護城河。多水的一個證據是，二○一二年夏天的一個夜晚，下大雨，廣渠門橋底下淹了好些車，還淹死了一個人。在北京這種缺水的北方城市，我還是第一次聽到這樣的事情。水多，楊柳就多，長得似乎比別處快、比別處水靈。草木多，動物就多，原來還有公共汽車站叫馬圈、鹿圈，估計清朝時是養馬、養鹿的地方。在附近，我還見過至少四、五個巨大的贔屭，漢白玉，頭像龍，身子像

王八，石碑碎成幾塊，散在周圍。我想，附近應該埋葬過王侯級別的男人和他的老婆們，一直納悶他們隨葬了一些甚麼東西。

這裏曾是我身心發育的地方。一個窗外有成排的垂楊柳、窗內有小床的家，家門外三百五十四步之外的小學，沿途一二十個小攤和三四十棵楊柳，楊柳上的知了，護城河邊的灌木，護城河裏的魚。我的肉身在這裏從半米長成了一米八，我的心智在這裏形成了世界觀和人生觀，肉身和心智一起在這裏愛上姑娘，在這裏反覆失身、反覆傷神。

在多個別處住了很久之後，我又回到了我定義的我的故鄉。我曾經在世界各地研究過很多養老院，專家一致意見，人腦難免萎縮，人難免老年癡呆，就像眼睛老花一樣不能避免，一個最簡單有效延遲老年癡呆的方法就是和小時候常呆的東西呆在一起，比如書和圍棋、象棋，和小時候常呆的人呆在一起，比如父母和損友。

在王小波走完了一生的年紀，在常人至少過完了上半生的年紀，我把近二十年散落在各處的個人物品都搬回了我的出生地北京，更確切地說，搬回了北京廣渠門外垂楊柳。從昆明的辦公室、住處，北京的辦公室、父母家，深圳的辦公室、住處，香港的辦公室、住處，加州伯克利山上的住處，各種箱子被陸續運回北京，堆在垂楊柳的房子裏。我又開始了到處跑的生活，三餐一半是在機場和飛機上吃，實在忙不過來，安排別人開箱，書為主，不管順序，先擺上書架再說，還有點衣服，先掛在衣櫃裏再說，其他箱子暫時不動，等我有空，慢慢收拾。

有一天晚上，應酬回來，喝過一點點酒，微醺，進了屋門，

放下公文包，沒開燈，在黑暗中，街上的燈光和天上的月光湧入房間，依稀看到滿架、滿牆的一本本買來的書，聞見一些書微微的霉味、老茶餅的味兒、衣服的樟腦味兒，當時愣住，似乎進入了一座墳墓，墳墓的主人似乎是自己，又似乎是另一個和自己關係密切的人類，似乎走進了一塊凍住了的時間，硬硬的、冰一樣，沒有方向和前後，幾年、幾十年，沒頭沒尾地停滯在一處，又似乎比冰柔軟，手放上去，放久一點，不融化，但是變得如同透明軟糖一樣，捏一捏，變形。心裏一緊，緩一緩神兒，吸一口氣，心裏又一緊。

四十不惑，筋骨漸澀，我又開始跑步，讓肉身和心智還能有能量反覆失身、反覆傷神。小時候跑過的路重新跑了又跑，護城河、龍潭湖、夕照寺、天壇，和讀老書一樣、見老友一樣、喝老酒一樣，熟悉的陌生，陌生的熟悉，一陣陣恍惚。我小時候多病，老師說多跑治病，所以常常以跑代走。從小學門口到家門口，跑十分鐘，書包叮噹作響，我跑上三樓，跑進家，我爸的炒菜就上桌了。我爸說，他一聽到我書包的響聲就蔥薑下鍋，我跑進家門，菜就剛熟，有鍋氣。

無常是常，人不能兩次踏入同一條河流。常是無常，過去的人、過去的河流、過去的酒、過去的城市，似乎一直還在，在另一個時空裏長生不老。

每到這種時候，「無可奈何花落去，似曾相識燕歸來」這兩句詩總是冒出來，總是吸一口氣，再跑一會兒，逼自己忍住不要去想所謂生命的意義。

我爸認識所有的魚

老爸走了，我現在趕去機場，回北京。

20161113。老爸十天前還能吃能喝，半盤子滷肘子吃光之後一碗粥喝光，兩天前還在做飯炒蘑菇，今天上午還吃了半碗麵條，今天下午五點，就毫無痛苦地過去了。他九月份過了八十三歲生日。今天還是老媽的生日。

我訂完機票，取消下週所有會，打了幾個電話，安頓好，忽然想到，每次見到老爸，他都不太說話，都給我倒一杯熱茶，眼淚下來，止不住。我知道，走得這麼快、這麼安詳，像睡着了一樣，是老爸的福德，也是他一生修行的見證。可是，我還是覺得心裏空了一大塊，眼淚止不住。洗把臉，去機場，洗着洗着，哭倒在洗手間地板上。

前一個月，安排徹查了老爸的身體，排除惡性病變。老爸體重不到四十公斤，我攙着他，覺得他小得像個孩子。我小的時候，不到四十公斤，他也這樣拽着我的手，去醫院，去公園，去他單位玩耍。因為太瘦，老爸的靜脈狀況很差，做加強 CT 需要的留置針都安不住。我還和他開玩笑，如果真生病了，要靜

脈注射，您就真有罪受了。老爸進 CT 室之前，要卸下一切金屬，他脫了手錶、錢包、鑰匙、手機、戒指、手鏈、香煙、打火機、假牙，我拿他的帽子盛了這些物件兒，小小一堆兒，很無辜地聚集在一起。

他一點罪都沒受，睡着去了，在地球上他住過最長時間的北京垂楊柳，和平時午睡一樣，張着嘴，手放在電腦上，眼睛閉着。我想過給他換個新平板電腦，他說不要，他電腦裏鬥地主積累了很多分數，一換就都沒了。他從來沒有多過一萬塊的存款。他一直霸佔廚房，給周圍人做飯，認為任何廚神做的飯都沒他做得好吃。他認為所有館子的菜都太貴。他認識所有的魚。他說，天亮了，又賺了。

反正老爸一輩子不太說話，他的小羽絨服還掛在門口的掛鈎上，我認為他根本沒走。老媽在老爸屋子裏擺了一個簡單的靈堂。我去上了香，看到他床空了，整整齊齊的，照片笑得像以前一樣無邪，手錶、錢包、鑰匙、手機、戒指、手鏈、香煙、打火機、假牙等等分列照片兩邊，我眼淚又流出來。流了一陣，擦乾出去，老媽面前不敢哭。老媽啊，您總是欺負老爸，如今他走了，您沒人欺負了，您怎麼辦呢？

我見過的最接近佛的人圓寂了，留我一個人獨自修行。圓寂不是離去，而是去了另一維空間。其實，人一起生活過一段時間，就沒了生死的界限，除非彼此的愛意已經被徹底忘記。我這麼愛老爸，他就走不了。其實，人比的不是誰能擁有更多，比的是誰更能看開。老爸一直沒擁有過甚麼，一直看得很開。

我努力向您學習，爭取做到您的萬一。

　　我在這一維空間裏祝您在另一維空間裏一切安好，認識那裏所有的魚。

沒有父親的父親節

爸爸：

在您似乎不在了的第一個父親節，我很想念您。

您走了好幾個月了，似乎總還是在屋子裏晃悠。媽媽説您去買菜了，我覺得您是去出差了。儘管好久不見，在每個角落都有您層層疊疊的氣息，似乎分分鐘您會從某個房間裏慢慢走出來。

您走了之後，哥哥、姐姐、我一直試圖和媽媽生活在一起。當初，您成功了，現在，我們沒成功，我們覺得您很了不起。我們試圖像您一樣和她生活在一個屋檐下，沒做到；和她生活在一個樓裏，沒做到；和她生活在一個小區，也沒做到。哥哥説，如果和媽媽在一個屋子裏呆半天，他真的會有生理反應，回到他自己的住處，他需要吃止痛片緩解頭痛。媽媽是一個總要閃爍的人，一個總要做世界中心的人，您是一個一直不要閃爍的人，一個一直在邊緣的人。她有種在一切完美中找到錯誤的天賦，您走了之後，也沒消退，方圓十里，寸草不生。我試圖和她分析她經歷過的種種歷史上的荒謬，她説，忘掉你的獨立思

考，這些荒謬你沒經歷過，你沒發言權。我想了想，我竟然無可反駁，「也對哈」。我試圖問過她，餘生何求？她反問我，信不信我死你後面？看着她生命力超級旺盛的樣子，染了一頭紅髮，體重比我大，吃得比我多，語速比我快，我索性就信了。她一直用一些花布遮擋身體，然後少女了。她一直不按時吃降壓藥，然後頭暈了。她一直認為牙可以咬碎所有堅硬的事物，然後牙掉了。她一直以為可以呼呼大睡，然後失眠了。她還是挑所有人類的毛病，儘管她似乎知道，她已經離不開人類了。

誰又能改變誰呢？我們生下來就被一個模子刻出，生之後的掙扎都是效率很低的活動。如果不訴諸降維攻擊，改變任何個體都是困難和徒勞的。我漸漸有了降維攻擊的一切見識和心力，每每要啟動攻擊的時候，我每每聽到您說，任何一個有靈魂的人都不該降維攻擊，己所不欲勿施於人，人不能做自己鄙視的東西。您告訴我，不作惡！不作惡，才能不做噩夢。我到了年近半百才明白，能睡是第一要義。不做噩夢，才能一個人睡好。一個人都睡不好自己，憑甚麼去睡其他人類或者婦女？您睡好了自己，在睡好我媽的路上，再也沒醒來。其實，睡眠之路，才是成佛之路。

您很少說話，開口說話也總是那有數的幾句。您在電話裏總問我，你在哪兒呢？我報了地名之後，您不知道那是哪兒，就繼續問，你甚麼時候回來啊？我其實也不知道那兒是哪兒，更不知道甚麼時候能回來。我回到您面前，您總會給我一杯熱茶，然後也不說話，手指一下，茶在那兒。您走了之後我才明

白，一杯熱茶之前，要有杯子、茶、熱水，要問很久、很多次：我兒子甚麼時候回來啊？

我翻譯您用四十五年和我在一起的時間要告訴我的話：一個好父親，其實不是陪伴。您告訴我，好父親是萬事裏的一杯熱茶，是餓了有飯吃，是雨後陪我盡快跑去河邊的釣竿，是不附和我媽說我的女朋友都醜得慘絕人寰，是告訴我人皆草木不用成材，是說女人都是好人包括號稱我媽的那個人也很不容易。

其實，媽媽也很想您，只是方式與眾不同。

餘不一一。

兒酒後草於帝都

如何和老媽愉快相處

　　生而為人，每個階段、每一年、每一天，似乎都面臨一些難題，小到明天穿甚麼，中到天理國法、江湖道義，大到人生如果沒有終極意義、明天為甚麼要醒來。面臨的這些難題也隨着四季、流水、年紀而變遷，少年時擔心過早興奮，中年時擔心過度興奮，年歲大了，或許會擔心為甚麼一點不興奮。但是生而為人的每個階段、每一年、每一天，自己的老媽都是一個巨大的難題，如何真誠地、持續地、不自殘地、愉快和老媽相處，似乎永遠無解。與之相比，戰勝自己、戰勝小三、戰勝婆婆，為天地立心、為生民立命、為往聖繼絕學，似乎都不是個甚麼大事兒。牙刷可以換，手機可以換，常住地可以換，女友可以換，老婆可以換，性別可以換，甚至可以認賊作父，但是老媽還是換不了。

　　自從我有記憶，每次見老媽，我都覺得她蒸騰着熱氣，每一刻都在沸騰。我時常懷疑，英國人瓦特是不是也有這樣一個老媽，所以發明了蒸汽機？老爸和她愉快相處的方式是裝聾，大面積借鑒了「酒肉穿腸過，佛祖心中坐」的禪宗心法。我問

老爸如何和她待了六十年，老爸喝了一口茶，從後槽牙發出一句話：一耳入，一耳出，方證菩提。老哥和她愉快相處的方式是忍耐。老哥最早是不能和她睡在一個房間，後來是不能睡在一套住宅，再後來是不能睡在一個小區，再再後來是不能睡在一個城市。不知道是老哥越活越自我越不願意容忍，還是老媽越來越變本加厲越來越不加節制，我親眼見到老哥陪老媽吃了一個中飯，飯後吃了兩片止痛片，離開兩個小時後，和我說他頭痛欲裂。

儘管有老爸和老哥緩衝老媽的能量，從少年時代開始，我還是不得不塑造我和她愉快相處的方式，我的方式是逃亡。地理上的逃亡是住校。我從高一就開始住校，再難吃的食堂我都覺得比我老媽用嘮叨的方式摧毀三觀強。心靈上的逃亡是讀書和做事。很早我就避免和老媽對罵，這方面她有天賦，我即使天天在河邊溜達這輩子還是幹不過她。老媽古文水平一般，我高一就讀二十四史，老媽英文一般，我大一就讀原文的《尤利西斯》。老媽被她觸摸不到的事物震懾，一直有按耐不住袪魅的衝動，她會冷不丁問我：「你沒殺過一個人，讀得懂二十四史？你沒去過英國，瞎看甚麼《尤利西斯》？跟我說說，你明白了啥？」

老媽活到八十歲前後，肉身的衰老明顯甚於靈魂的衰老。她還是蒸騰着熱氣，但是熱氣不再四散，都在頭頂飄揚，肉身彷彿一個不動的耀州梅瓶，靈魂在瓶口張牙舞爪。老爸去天堂了，老哥遠避他鄉，只留我和老媽在一個城市。我也不敢和她

睡在一套住宅，甚至不敢和她睡在一個小區。我睡在她隔壁的小區，按北方的説法，在冬天，端一碗熱湯麵過去麵不涼的距離。

我不得不重新塑造和她愉快相處的方式。

我嘗試的第一種方式是講道理。我自以為在麥肯錫小十年練就了超常的邏輯，外加佛法，外加賣萌，總能降服她，然而我錯了。我反覆和她講宇宙之遼闊而無常、人生之短促而無意義，為甚麼她每天還是那麼多欲望和階級鬥爭？老媽認真聽了一次又一次，最後説：「你這都是放屁，如果我沒了欲望，我那還是活着嗎？」

我嘗試的第二種方式是唸咒語。我總結了一下禪宗式微的根本原因是過份執着於證悟，喪失了廣大群眾。廣大群眾懂擼串和拜佛消災，所以要有唸珠和咒語。老媽説，每天睡前和醒後總有很多念頭在腦袋裏盤旋，可討厭了，怎麼辦？我説，我借您一串唸珠，您每次出現念頭盤旋，就在心裏默唸一千遍：一切都是浮雲，記住，一千遍。我再去看老媽，老媽一直對着我笑個不停。看我一臉懵逼樣兒，老媽説：「我唸到一百遍的時候，忽然意識到，我傻逼啊，一遍遍唸這些有的沒的，我又被你這個小兔崽子騙了。咒語，你收回。唸珠，我留下了。」

在放棄努力之前，我最後的方式是順勢療法。老媽的三觀已經形成七十年了，我怎麼可能修正它們？既然養親以得歡心為本，那就毫無原則，往死裏誇。有一天，老媽在微信群裏嘚瑟：「我完全沒甚麼花銷，有錢沒甚麼了不起?!」如果是在沒

想清楚這點之前，我一定會説，您是沒花銷，物業、水電、網絡、保姆、吃喝、交通、旅遊都是我們花的，您是沒花銷。想清楚這點之後，我是這麼説的：「勤儉是中華民族的千古美德，您是典範，我們怎麼就沒學會呢？如果沒有您的勤儉持家，我們怎麼能到今天？愛您！」老媽懵了四秒，問，小兔崽子，你是在諷刺我嗎？我説，怎麼敢！老媽釋然，接着説：「就是啊，如果沒有我存錢，怎麼有錢供你們讀書、出國、找媳婦？還是你最懂我啊。萬事都如甘蔗，哪有兩頭都甜？」

我想，既然老爸都能堅持六十年，我就替老爸用順勢療法再堅持治療我老媽，和她再愉快地相處六十年。

想起一生中後悔的事兒

儘管有預言説二○二九年人類永生，我還是習慣以八十歲陽壽作為人生規劃的基本預期。過了四十，彷彿過了人生的前半程，後面是廣義的餘生。孔聖人號稱四十不惑，我沒有完全體會過不惑是甚麼，更真切的體會是，一會兒明白，一會兒糊塗，大事兒上明白，小事兒上糊塗。

四十歲之前，人生前半程，彷彿爬山，目標明確，朝着山頂，心中常常充滿期待，騎虎驅龍，披荊斬棘，全是向上的力量。四十歲之後，人生後半程，儘管可能有所謂更高更遠更強的目標，但是心裏清楚，身體裏、心裏、周圍，有種東西已經過了盛時，彷彿花開全滿之後，月開全圓之後，彷彿長篇小説讀了一半之後，彷彿下山，無論怎樣界定，那個山腳一定在等着我們所有人，那個肉體無法避免的終點比上山時看得真切得多，於是，期待少了很多，回望的頻率多了很多，越來越精打細算如何花剩下的時間，彷彿一個勤儉持家的人對待一點點減少的儲蓄，只花時間給三類人：好看的人，好玩的人，又好看又好玩的人。四十歲之後，散步時，十公里跑時，動不動就想

起一生中後悔的事兒，散也散不掉，跑也跑不掉，梅花就總落滿小區和護城河邊的道路，給保潔團隊添了很多麻煩。

前半生，和人聊天，我有個口頭禪，「祝你幸福」。現在，遇上非常熟悉的老哥老姐們兒，我新的口頭禪是：「您還有啥未了的心願？」這些老哥老姐們兒通常都很敞亮，答案五花八門，比如「每天吃好喝好玩好」，比如「時刻準備着鬧點大事兒」，比如「沒有甚麼未了的心願了」。如果遇上比較介意的，我就用更正經的措辭問：「面對餘生，你內心最大的困擾是甚麼？如何克服？」

常見的答案有：

「最大的困擾還是死亡。我們成長在一個沒有宗教的環境裏，不知道死後是甚麼。某些宗教裏，好人上天堂，壞人下地獄，當然，絕大多數人類都認為自己是好人，即使少數自認人渣的人也知道死後去哪兒，也遠遠比不知道去哪兒要強得多。在另外一些宗教裏，有來生，那就更不怕了，死了之後，二十年後又是一條好漢。我們現在長大了，再想去信個宗教，也有些晚了，將信將疑幫我解決不了面對死亡的問題。」

「最大的困擾還是情慾。任何激情，都不可能持續很久，如果能持續很久，就不是真正的激情了。雖然已經是殘生，還是要活很久，而且還要被情慾困擾很久。年輕時我無法一生愛一人，現在還是做不到。出軌怕道德譴責，嫖娼怕朝陽群眾，引刀自宮，怕自宮之後還是寫不出《史記》被周圍人嘲笑。」

「最大的困擾還是後代。生小孩兒的時候，沒徵求過小孩兒

的同意。既然生下來了，就應該盡到養育的責任。我不知道我不在了，他們怎麼辦，我甚至不知道，我即使能一直陪他們到成年，我應該怎麼辦？」

這些終極問題，本來也沒有終極的正確答案。我也問過我自己，我餘生最大的困擾是甚麼？

對於我來說，不是死亡。長身體和三觀的時候，就泡在生物系和醫學院，見了太多生死，我做的博士論文課題又是癌症，對死亡本來就不陌生。「人生一世，草木一秋」，「人死如燈滅」，「光陰者百代之過客也」，這些道理滲入骨髓。去年，老爸走了，我對死亡有了新的認識。老爸走了很久之後，我還是覺得他沒走多遠。死亡不是終點，陰陽其實無隔，一個樓的不同單元而已；死亡之後，肉身和靈魂換了另外一種我們並不清楚的方式存在而已，彷彿東瀛愛情動作片可以是一場真人表演，也可以是一場電影，也可以是 U 盤裏的 0 和 1。有一次坐飛機，飛機劇烈顛簸，周圍所有人都自覺繫好了安全帶，一臉死灰。我害怕了一瞬間，但是想到，即使我掛了，還有十幾本著作留下，根據版權法，還有五十年版權可以分給我的親人，另外，我有很大的信心，再過一百年我的書還會有人讀，我合上眼，很快睡着了。

對於我來說，也不是情慾。首先，情慾不是一個壞東西，情慾是原動力。如果齊白石八九十歲不喜歡小姑娘，他很可能成不了齊白石，如果胡適不喜歡嫖娼，他很可能成不了胡適。從青春期到年近半百，我已經積累了多年管理情慾的經驗，何

況還可以寫小說、寫詩，何況還有那些偉大的東瀛愛情動作片。

對於我來說，也不是後代。諸法無我，我越來越傾向於認為，任何一個人，包括父母，都不能決定一個孩子的到來。任何孩子的父母都只是一個通道，眾多無法事先確定的力量合成一個決定，把一個無法事先確定的孩子通過這個通道送到人間。孩子的到來其實是為了給這些無法確定的力量再添一個更不可控的因素，彷彿一粒沙投入一座城堡。

細細想來，我餘生最大的困擾是克服一些、打破一點、平衡好我上半生賴以成就的那些特性。這些特性裏最突出的一個就是爭強好勝：從來沒拿過第二，在自己毫不相關的領域裏也要爭第一，先人後己、照顧目光所及的所有人，惦記一切最好的以及班花，享受橫刀立馬、千軍之中取上將首級的意氣風發。需要克服好勝的原因羅列如下：在體制機制沒保障的情況下，做到最好不是很風險嗎？打打殺殺一眨眼幾十年，那看花的時間呢？陽光之下，力戰就必定能勝、動作變形也能接近天成？

克服的方法說起來很簡單，做起來很難：做自己認為對的事兒，慢慢放下輸贏和計算。

我能贏嗎？

最簡單的快樂

　　在過去兩三年，我陸續把前半生散在世界各地的物件搬回北京，在我出生的垂楊柳重新安營紮寨，試圖過好後半生的生活。在清理這些物件的過程中，我看到過去歲月極其清晰的痕跡，一些劇痛和狂喜在某些瞬間被毫不留情地再次揭開，所有似乎過去了的其實都沒有過去。我再次堅信，我不得不做一個寫作者，不寫出來，不反覆寫出來，這些傷心事如何過去，哪怕似乎過去？

　　在清理這些物件的過程中，我深刻體會到科技在過去三十年的進步。二十五年前，我的第一個筆記本電腦還在用 3.5 寸軟盤，機器內存 2M；二十年前，開始嚴重依賴電腦，平均三年換一台，新電腦被狂使一年之後，鍵盤上印刷的字母就開始變得模糊；十年前，第一代蘋果手機出現，曾經那麼被依賴的電腦漸漸越來越少觸碰。我反正已經老到不用再自己建估值模型、自己畫 PPT 了，如果不是在週末寫專欄文章、不是在假期寫小說，竟然可以整星期、整月不碰電腦。

　　在清理這些物件的過程中，我深刻感到，前半生積攢的東

西太多了，地球就是被我這樣的人一點點毀掉的，除了日常吃喝，後半生甚麼都不買也夠了。我動用了平時不太常動用的佛法，「斷捨離」——其實，簡單一個字，「扔」。

在對抗貪嗔癡的戰鬥中，佛法的作用一般，總體沒能扔掉很多東西。相對扔得最多的是工藝品和紀念品，那些印刷畫、旅遊紀念品、開會紀念品，就美感而言，多留一件就多一分對自己的鄙視。相對扔得較多的是科技類物品，那些舊電腦、舊硬盤、舊外設。還扔了一些書，那些湊數的、應景的、又沒文字又沒見識的。衣服扔得不多，三十年前穿了走進春天裏去泡妞的牛仔褲現在還能穿。扔得最少的是和手寫相關的本子和筆，從小學一年級開始記日記和札記，到現在十幾本了；在麥肯錫工作九年本子和筆不離手，摞起來幾十本了；在華潤工作五年延續麥肯錫的習慣記工作筆記，摞起來十幾本了；在電子郵件之前需要貼郵票的所有手寫信，情書和非情書，色情的信和非色情的信，滿滿一紙箱了。

還有筆。因為總要記筆記，筆不離手，進麥肯錫工作第一個月就跑到國貿買了一支萬寶龍的鋼筆，如今收拾出十來支，包括紀念卡夫卡的限量版。買這支筆的時候，卡夫卡是我的文字英雄，如今，卡夫卡還是我的文字英雄，但是我已經活過了卡夫卡在世間的陽壽，他剛活到四十歲就掛了。還有毛筆。十歲前練顏真卿，十歲後就徹底放棄，開始用硬筆。遇上好看的毛筆就買一支，如今堆在那裏，也有十來支了。這些硬筆和毛筆，我一支也不想扔掉。

在一切已經電子化或正在飛速電子化的如今，為甚麼還要手寫？

　　因為手寫有人味兒。手握着筆，筆尖在紙上劃過，留下黑色或者其他顏色的筆跡，發出窸窸窣窣的聲音。寫完，蓋上筆蓋兒，摺疊好紙，塞進信封，散步去郵局，投進郵筒，想像收信人撕開信封，打開紙張，看到那些黑色或者其他顏色的筆跡。每一步，都是人的味道。整個世界充滿了電子和塑料，因為忌憚相關法律、法規、衛生問題、人性麻煩，連最基本的人性滿足都越來越借助 U 盤和手機裏的東瀛愛情動作片，我打算逐漸放棄電子郵件，手寫信，給真正心裏放不下的人，貼張郵票，去郵局寄了。

　　因為手寫能培養美。手寫字多了，有可能就寫得好看了。字寫得好看了，對於線條、形狀、顏色、空間、文學等等美感的重要組成就會有感覺了。如果如今的官員和設計師都能寫一手基本算是漂亮的字，我們生活的日常和周圍的建築會美麗很多，不會和宋朝或者日本差距那麼遠，北京也不會只在大雪之後才像北平。

　　因為手寫是最簡單的快樂。有人問華羅庚為甚麼學數學，他說學數學最簡單，一支筆、一張紙就夠了。其實，最簡單的快樂，一支筆、一張紙也就夠了。中年不如青年時心志凶悍，容易動動腦子就心悸神亂，據說寫毛筆字可以聚氣凝神，以後週末，天氣好就去護城河邊跑步，天氣霾就在屋裏腐着寫寫字。中年後，「阿法狗」戰勝人類後，越來越不容易快樂。聽人說，

跑步能高潮。我試了試，真的哎，跑完十公里之後，一天嗨。聽人說，手寫字也能高潮。我看見過某個書法家一邊寫行楷一邊小聲叫：「不行了，不行了，我蘇東坡附體了，我不要，我不要啊。」我打算也試試。

　　這次重新搬到北京之後，我在有生之年不想再搬家了，除非發生大地震和大戰爭。文字打敗時間，手寫給人溫暖。我握着我的筆，阿法王羲之，不服來戰。

一隻玉鳥的悟空

我從三十歲出頭的時候開始迷上古董，特別是古玉，一迷十幾年，直到現在，如果陽壽允許，估計還會再迷很多年，直到老天讓我去另一維空間。開始喜歡古玉的時候，我沒動大腦，似乎憑簡單直覺就立刻從後腳跟到頭頂心愛上了這類溫潤、滑膩、靈性盈盈的半透明的石頭，彷彿在雞雞覺醒期，憑簡單直覺就立刻從後腳跟到頭頂心迷戀上了溫潤、滑膩、靈性盈盈的半透明的姑娘。

喜歡一段時間之後，我理科生的毛病開始犯，開始思考這種喜歡背後的動機、慾望、需求、激素、基因編碼。我發現，愛玉非常符合金牛座貪財好色的天性。

愛玉因為愛財。我三十到四十歲基本都在麥肯錫做管理諮詢，公司規定很嚴，不能買賣和客戶相關的股票，這個「相關」定義得非常寬泛：客戶本身的股票不行，客戶任何一個下級公司的股票不行，客戶上級公司的股票不行，客戶的客戶以及供應商的股票也不行，客戶競爭對手的股票也不行。在那段時間，麥肯錫在大中華區的人數還不多，我的工作涉及好幾個行

業，基本上我能看上的股票都不能買。後來我加入了我的一個客戶，一個央企集團，業務範圍涉及除了軍火和文化之外的幾乎一切領域，我負責戰略，是集團下面六個上市公司的董事，公司律師和我談話，給我看了看日曆，告誡我，因為上市公司各種公告和監管要求，一年內我可以自由買賣公司股票的時間不會超過一週。我於是放棄，說，我過去在諮詢公司就不能買賣股票，現在又這麼多限制，我就算了，我今生和股票無緣，就像我今生和各個階段的班花無緣一樣。我也知道，現金長期留在手裏一定是虧，不能買賣股票，就買了一點房地產，但是房子多了太麻煩，每個都要配窗簾、馬桶、洗衣機等等一切世俗物件兒，就買了一些古玉。我是這樣想的，古代已經過去了，所以古玉的供給量有限，只要世界基本和平，會有越來越多的人愛上古玉，所以古玉的價格至少能跑贏通貨膨脹；而且古玉不需要特殊的存儲條件，扔在櫃子裏就好了；而且還可以時不時拿出來摸摸、戴戴、用用，一邊使用一邊保值、增值。每每想到這兒，我這個金牛座就笑出了聲兒來。

愛玉因為愛美。玉太美了，中國古美術的頂峰在高古玉和高古瓷，而高古瓷最高的境界還是「饒玉」，用瓷土和釉燒出不輸玉器的美感來。我們從小缺乏美學教育，街上的建築一個比一個醜、日用品一個比一個醜、人一個比一個醜，放幾塊文化期的碎玉在案頭、床頭、手頭，時間長了，能彌補一下少年時代以及如今日常裏的美感缺失。

愛玉因為愛歷史。儘管中國有世界上最全的文字歷史記錄

（《二十四史》《資治通鑒》等等），但是總覺得光讀文字不足以深入中國歷史。第一、《二十四史》等斷代史都是官修，在儒家赤裸裸的實用主義傳統下，官修就難免粉飾和歪曲。第二、《資治通鑒》等通史往往以斷代史為基礎，斷代史基礎好的部份，通史就精彩，斷代史基礎不好的部份，通史也不精彩，連《資治通鑒》這麼偉大的通史也逃不掉這個規律。第三、文字總是具有欺騙性，不如實物來得實在。白居易再費力氣用文字描述楊貴妃的美麗，「芙蓉如面柳如眉」，也不如我看到一隻唐代一級白玉的鐲子更容易想到楊貴妃白玉一樣、凝脂一樣的胴體。

愛玉因為愛寫作。寫作說到底是寫人性，作家說到底是挖掘人性的礦工。玉，欲；藏玉，藏欲。古玉真是體會人性的好東西，藏玉的過程往往觸及人性的底層實質。古董這一行不禁騙。對於任何一件拍品，任何拍賣行都不保真、不保證到代，包括最知名的佳士得和蘇富比。在過去買古玉的十幾年裏，我只遇到三、四個眼力好的人，還有三、四個眼力還行的人，其他都是假行家。而這三、四個眼力好的人，因為屁股坐在不同的板櫈上，出發點就不同，利益訴求就不同。同樣的一塊玉，給他們三、四個人看，意見一致的時候也就一半，而另一半的時候，意見分歧很大。真偽辨別之後，還有價格：貴了？便宜了？貴多少？漏撿得有多大？即使用一個合適的價格得了一塊愛不釋手的老美玉，得失、聚散、傷殘，仍然逃不出人性的桎梏。

前些日子心煩，週末在香港逛荷里活道，在一個買了五、六年古玉的店裏坐坐，店主像往常一樣擺好軟絨托盤，拿出十來塊古玉，我眼睛一亮，按捺激動，問店主：「你推薦我買哪個？」店主的推薦和我激動的點一樣，是塊紅山的玉珮，典型的紅山黃玉，硬度好，油性好，局部紅沁，玉珮表面寶光隱隱，主體是一隻飛翔的大鳥，昂首，嘴上叼了一隻小鳥，收足，爪子抓了一條魚。大鳥似乎剛剛抓到一條魚，銜了小鳥，要飛到一個安全舒服的地方，餵小鳥吃點魚，自己也吃點。大鳥的眼睛裏滿滿地都是收穫的喜悅和替小鳥的滿足。如果東西對，是能上收藏圖錄封面的東西。

　　我問店主，東西到不到代？店主當然說到代，還給了一個善價。買回去，拍了照片發給那三、四個真懂的人，意見難得的一致，都說好。我用食醋簡單泡了泡這個魚鳥珮，去掉鹼殼，洗乾淨之後，在光底下，玉鳥的表面比記憶中班花的臉秀潤。連續七天，口袋裏，書包裏，我天天帶着這隻鳥，手沒事兒的時候就摸着它，睡覺的時候也攢着。我堅信它比班花，甚至比楊貴妃的胴體都滑膩，儘管我沒摸過班花的胴體，也沒摸過楊貴妃的胴體。

　　到了第八個晚上，一整天會，兩頓酒，累極，回到住處，放了行李，洗把臉，脫了衣服，準備睡覺，一摸，那隻鳥不見了。我的酒一下醒了，我把行李箱拆了，沒有；我把全身衣服拆了，沒有；我把房間拆了，沒有；我沿着進房間的路，原路返回到下出租車的那塊磚，沒有。下出租車的時候，我沒打小

票，我弱智地問門衛：您還記得我那輛出租車的車牌號嗎？門衛用看智障的眼神看了我一眼，搖了搖頭，喉嚨裏沒説的話是：就算我是黃昏清兵衛，我的絕世武功也不是為了幫你記車號用的。我又把行李箱、衣服、房間拆了一遍，還是沒有。

我度過了一個非常清醒、哲學而又精疲力竭的夜晚，和初戀分手的第一晚也比這一晚好過很多。我思考了一晚上人性的核心議題。比如：靠，我再去找一個，找一個更好的玉鳥。比如：沒有得到，就沒有失去，就少了很多煩惱。無常是常，得到是短暫的、偶然的，失去是必然的、常態的。比如：沒有一顆強大到渾蛋的心，就不能承受失去。人要了解自己是否足夠渾蛋，如果不夠渾蛋，就不去奢求。不想得到，就沒有失去，就沒有煩惱。比如：諸漏皆苦，不投入，不沉溺，沒大愛就沒大痛苦，就沒煩惱。比如：進一步修行，跳出來看，那隻玉鳥物質不滅、精光四射，撿到的人也會意識到是好東西，也會體會到擁有的快樂，所以，針對這隻玉鳥，這個世界上快樂的總和不減。無我就無煩惱。再比如：拿起，放下，已經連續七天擁有這隻玉鳥，夠幸福了，該放下了，能放下，就沒煩惱。「正是這種決定性的瞬間，能夠玉汝於成。悟道。加油，太郎。悟道！」

我知道，這些領悟適用於這隻玉鳥，也適用於班花和一切美好的事物。但是所有這些思考並沒有甚麼實際效果，我醒來的時候，覺得比睡着之前還累。我洗把臉，陽光從窗簾縫隙間灑下來，那隻玉鳥就安靜地待在酒店書桌的一個角落，棲息在

酒店的便簽上——應該是我脫褲子之前無意識地把它放到了最安全的地方。

二百九十四卷《資治通鑒》所用的所有漢語也無法盡述我在看到玉鳥那一剎那的心情。在那一剎那，如果我把那隻玉鳥抓過來摔碎，我就成佛了。

實際發生的是，在那一剎那，我找了根結實的繩兒，穿過玉鳥翅膀上面古老的打眼兒，把玉鳥牢牢地拴在我褲子的皮帶扣上。

醒來，在路上

　　凱魯亞克三十五歲出版的《在路上》是本奇書，這本書讓他一輩子、幾輩子都夠了。只要人類社會還有書店存在，人類還讀書，百年後，千年後，這本書還會立在書店的書架上，還會讓文藝青年熱血沸騰。這本書奇怪的地方是：沒甚麼特別的人物，幾個面目不清的不知道怎麼活着才好的二逼青年；沒甚麼特別的故事，幾個二逼開了輛破車從紐約開到舊金山再開回來，一路上叨逼叨，找錢買汽油，錢富裕一點就買酒買藥，喝高了或者死活喝不高就去泡妞，偶爾泡妞還能掙到一些錢買汽油；沒甚麼特別奇特的結構和遣詞造句，一本流水賬從東記到西從西記到東，凱魯亞克仗着咖啡、酒精、豆湯、香煙和藥物三週內寫完；儘管沒有一切特別的地方，我還是一口氣讀完，然後又一口氣再讀了一遍，然後買了五本送人。

　　迷死人不償命的是瀰漫在文字間的那股邪逼氣質："The only people for me are the mad ones, the ones mad to live, mad to talk, mad to be saved, desirous of everything at the same time, the ones who never yawn or say a commonplace thing but burn, burn, burn like fabulous yellow roman candles exploding like spiders across the stars and in the middle you see the blue centerlight pop and everybody goes 'Awww!'"

（對我而言，只有瘋子才算得上是個人，瘋着過、瘋着說、瘋着渴望被拯救，一時間渴望生命中的所有，從不厭倦、從不扯淡，只是折騰、折騰，像神奇的羅馬蠟燭煙花一樣折騰，蜘蛛般的微火爬過星星，藍色花火在中途突然升騰，所有人都喊，哇！哇！牛逼哇！）

這本《在路上》和古龍幾乎所有的小說一起構成了在路上對我的極大誘惑：路上有瘋子、美女、風景、酒、奇遇、詩句、秘笈、真理。

二十年來持續在路上，平均三天一飛，才發現在路上哪裏有在家裏宅着好。在路上，似乎一天沒幹甚麼都很累，古人創造個成語叫「鞍馬勞頓」是有道理的。在路上，無數好時光耗在堵車、安檢、等飛機起飛、辦酒店手續上。誇張的時候，連續在路上一個月，聞到飛機上熱飛機餐的味道直接噴射狀吐了；在酒店醒來，愣了一分鐘，死活沒想起來自己在哪個城市。在路上，祖國到處是警察，路上看不到甚麼瘋子，天然和人造的美女偶爾見，但是朝陽群眾也到處有，不敢有任何非常舉動，見得最多的風景是機場、酒店和寫字樓，酒比家裏的差很多，奇遇極少，奇葩倒是時常遇到，遇到後時常讓我懷疑人類進化的完善程度，酒不好、奇葩多，詩句必然少，沒有遇到過任何秘笈，一年有一兩次似乎體會到了真理，感覺「桶底脫」，但

是這些對完善人類的進化沒有任何作用。給我在路上終極誘惑的凱魯亞克，四十七歲上路了，古龍，四十八歲上路了。

在路上的時間長了，我也積累了一些讓自己舒服些的小技巧，羅列如下：

第一、要常備一口好箱子。四輪比兩輪好用，尤其是對於身體核心肌群力量一般的人；箱子外側有些兜兒比美美的、亮亮的、光光的、緊緊的那種好用，取放些證件等小東西要方便很多。旅行結束，箱子最好不必全部清空，下次要走之前再補充幾件衣服就可以走，多次旅行積累下來，省很多時間。

第二、穿好飛行服。我幾乎所有感冒都是因為在飛機上昏睡過去後受涼得的，穿戴好適合我自己的飛行服之後，就很少得感冒了。飛行服的主體是件舒適的帽衫，棉和羊絨的都可以，最好厚一些，必須有帽子。特別累的時候或是冬天，加個大圍巾。

第三、帶着筆和本子。有點想法就隨時記下來，不佔腦子。

第四、帶一兩本書。別總是無窮盡地玩手機，反覆看朋友圈有甚麼新東西、微博上有甚麼新撕逼。零星時間可以翻幾頁紙書，看紙書看到睏再睡，睡眠質量好很多。

第五、到個新城市，如果時間允許，給自己兩個小時逛逛當地最大的博物館。多數博物館都是當地精英盡力準備的，再差不會差到哪裏去。

第六、準備點 AV。放一點符合個人偏好的東瀛成人動作片在 U 盤裏，備不時之需，安全，衛生，省時，省力。

第七、帶點好的便攜裝茶葉、線香，帶着喜歡的丟得起的茶盞、摸着心安的唸珠或者碎玉。健康第一秘訣，多喝水，喝熱水，喝好茶。精神再不振時，開瓶酒，茶盞也可以當酒杯。

　　第八、準備一個好耳機。我不聽音樂，我得打電話。開電話會，普通帶麥克風的有線耳機比藍牙無線耳機實用，不用擔心電池沒電，不用擔心手機和耳機連不上。

　　第九、帶着跑鞋、速乾 T 恤、短褲、泳褲和泳鏡。肉身實在發緊，死摸唸珠和美玉都沒用的時候，換上衣服去街上跑跑或者去泳池游游，一個小時能讓人快樂一兩天。

　　第十、永遠帶着自己喜歡和熟悉的旅行盥洗套裝。牙膏、牙刷，洗澡、洗頭、洗臉、潤膚，再放個指甲剪和鼻毛剪，以防指甲和鼻毛過長，出門嚇着人。有時候，累到骨頭痛，用自己喜歡的精油皂洗把臉，用自己喜歡的浴液洗個澡，喜歡的味道似乎會滲入骨頭裏，人會緩解很多。然後躺上床，爭取做個夢，夢就有了熟悉的香氣，延綿不絕，春風十里。

　　醒來，就又得在路上了。

靠天堂最近的地方

　　我從小喜歡讀書，這和遠大理想和父母督促等等都毫無關係。

　　我從小較真兒，比如老師鼓舞我們說，為中華之崛起而讀書，我會一直問，怎麼定義中華？怎麼定義崛起？讀甚麼書？中華崛起和我讀你說的那些書有甚麼必然關係？還沒等我問完，老師就不搭理我了。我父母很少讀書，我爸關心大自然，特別是大自然裏能吃的東西，他能叫出水裏所有魚的名字。我媽關心人類，特別是鄰里親戚之間的兇殺和色情，她瞭然方圓十里所有的男女八卦。即便是後來我寫的小說出版了，再版了，得獎了，另幾本隨筆也出版了，我父母都不看。我爸說，看不下去，沒勁，沒寫魚。我媽說，還是不看了，保持一下對你殘留不多的美好印象，再說，能寫成啥樣啊？不就是那點摟摟抱抱摸摸插插的屁事兒嗎，還能寫出花？

　　我從小喜歡讀書全是因為那時候沒有任何其他有意思的事可幹。我生於上個世紀七十年代初，我們是最後一代需要主動「殺時間」的人類：沒手機、沒平板、沒電腦、沒電影、沒電

視劇、沒遊戲廳、沒夜總會、沒旱冰場、沒保齡球。我又對體育沒任何興趣，上街打架又基本是被打。只剩下讀書，於是讀書。儘管那時候讓讀的書種類不多，但是已經能看到李白說「暮從碧山下，山月隨人歸」，已經能看到《詩經》講「知我者謂我心憂，不知我者謂我何求」。

我那時候的小學和中學有圖書館嗎？我不記得了，很可能沒有。街面上似乎有圖書館，一個區似乎有一兩個，每個圖書館最熱鬧的是報刊欄，一堆老頭、老太太們站在報刊欄前面看當天的《人民日報》《光明日報》《解放日報》等等。各種不同報紙上，百分之七八十的內容是一樣的，老頭、老太太們還是從頭讀到尾。有一次我試圖進入一個圖書館，裏面當班的被嚇了一跳，以為我是來偷啥的壞孩子。我問，能借書嗎？她說，不能。我問，能進書庫隨便看看嗎？她說，不能。我問，為甚麼？她說，你借書，我怎麼能保證你一定能還？再說，不符合規定。你進書庫，我怎麼能保證你能愛護圖書而且不偷書而且不撕掉幾頁拿走？再說，不符合規定。我問，那你是幹甚麼的呢？她說，我是看着像你這樣的人的。

北京有些街上的確有號稱藏書眾多的圖書館，比如北海公園西邊有國家圖書館老館，比如中關村南大街有國家圖書館新館。我聽說國家圖書館裏有宋版書、元版書、外版書、完全沒刪節的《金瓶梅》。我連嘗試進去都沒嘗試過，我聽說看《金瓶梅》要單位介紹信，說明借閱的充份理由，如果介紹信被看出來是假的，圖書管理員身後立刻躥出來兩個警察。

第一次體會到圖書館的美好是在北大。北大圖書館離我住的 28 樓不遠，早點去，如果運氣好，能有個靠窗的座兒，層高很高，有淡淡的男生的球鞋味兒，也有淡淡的女生的雪花膏味兒和洗髮水味兒。窗外是很多很高大的白楊樹，是很大很綠的草地，是草地上一些彈吉他唱歌的男女，每個人的眼睛都是全世界最朦朧最憂傷的。七八頁書看過，人一陣恍惚，掉進書裏，周圍的人消失，周圍的牆消失，周圍的窗戶全部打開，周圍的一切變軟，從固體變成液體再變成空氣，混沌在周圍，不知今夕何夕。時間變得很淺，一個恍惚，又憋得不能不去撒尿了，一個恍惚，又餓得不得不去吃飯了，一個恍惚，日落月升，宿舍、圖書館要鎖門熄燈了，一個恍惚，白楊樹的葉子落光了，草地忽然黃了。

　　協和有三寶：病歷、老教授、圖書館。大量完整的病歷非常方便做臨床研究，提示某幾種現象之間的聯繫有多強。而且，非常滿足好奇心，比如張學良不穿內增高鞋的淨高有多高，比如某天后懷孕了幾次、生了幾次。榜樣的力量是無窮的，老教授是最實在的榜樣。這些不愛睡覺的老人家早上七點已經在病房開始查房了，我們不好意思早上七點才起。有了在北大培養起的對圖書館的熱愛，協和五號院北側的兩層小樓就是又一個可以不知今夕何夕的洞穴。從兩百年前的原版醫書到兩週前的原版期刊，都有，一邊看一邊感嘆：人類早就能把人送上月球了，但還是不知道人到底是個甚麼東西；人類早就知道了人的一些共同特徵，比如男人的左睾丸比右睾丸低，更靠近腳面，

但還是不知道這些共同特徵到底是為了甚麼。

十六年前，我去美國讀 MBA。十六年後，我去美國休個長假。中間這十幾年，事冗時仄，只有兩種運動：開會、喝應酬酒，讀書都在廁上、枕上、車上、飛機上，把包裹的 Kindle 勉強算作圖書館。長假中，不設手機叫醒，在風鈴聲中自然醒來，忽然想到，可以再撿起多年前的愛好，再去泡泡你，圖書館。

開車去距離住處最近的 UC Davis，據說是世界上農業科學最強的大學。靠近校園，有大片實驗性農田和果園，但是沒臭味。地上三層、地下一層，不需要證件，不需要存包，沒人盤問，我就大搖大擺地進了 UC Davis 的圖書館，在地下一層的一個角落坐下，中庭瀉下來的光猛，松樹很老，草地很嫩，人很少，一切很靜。人走路、人輕輕搬開櫈子、人掏出鑰匙、人挪挪屁股，都發出大得嚇人的聲音。坐下，吸口氣，一鼻子紙張和油墨的味道。站起，旁邊近期期刊的架子間逛了逛，新一期《時代週刊》的封面是普京，題目是第二次冷戰，新一期《麻省評論》的封面是卡夫卡，新一期《當代作家評論》的封面是李敬澤，新一期台灣《中央研究院歷史語言研究所集刊》的第一篇文章題目是：〈《靈樞》九宮八風名及相關問題研究〉。

看書看到被尿意憋醒，去一層上洗手間。我沿着寬大的樓梯往上走、往上看，明晃晃的陽光，一架架的紙書，每本紙書彷彿一個骨灰盒，每個骨灰盒裏一個不死、不同、不吵的人類的靈魂，進進出出，自由自在，無始無終，一副人間天堂的樣子。

整個人都好了。

一間自己的書房

　　一年前，我把散在各處的東西集中到我在北京南城的出生地，看着脹在百來個紙箱裏的書，我忽然意識到，儘管讀了四十多年的書，我似乎從來沒有一個自己的書房。最早是擠父母的房子，然後是住宿舍，然後是住各種酒店，有自己的房子之後，各處出差，事兒多時間少，也沒認真收拾出一個給自己的書房。

　　我習慣性地和年長我十多歲的老哥哥們喝酒聊天，把他們當成燈塔，提示生活的方向。超級熱愛婦女的時候，我問他們如何管理性慾；看美女開始心旌不亂搖的時候，我問他們如何管理衰老。一個老哥兒反問我：「你十歲前最喜歡幹的三件事兒是甚麼？」我一邊想一邊答：「我喜歡看書，我喜歡隨便寫點甚麼，我喜歡喝得暈暈地和好玩兒的人聊聊。」我小時候，大人常常偷偷給小孩兒酒喝，似乎是種最安全的犯法違紀。這個老哥兒説：「你老了之後，就再多看看書，再多隨便寫點甚麼，再多喝多蛋逼，你就會有個幸福的晚年。你總強調你貪財好色，你的貪財會隨着你的修行而消散，你的好色會隨着你的

衰老而解脱。」

出生地附近的這個房子相對大，我決定認真收拾出一間書房，在裏面，看看書，隨便寫點甚麼，喝口兒，掩書餘味在胸中。

第一、書房要有個名兒，這個名兒要用很黑很濃的大毛筆字寫出來。我有幾個備選：不二堂，書窠，淫書，時間。

第二、書房要有些書法，大大小小，散漫在空間裏。不要複製品，和真跡相比，複製品失去了一些不易察覺但是至關重要的信息。看得上的古代文人墨跡都已經比房子還貴了，我找點我的文字英雄的手跡，東求西求，有一頁艾青的，有半頁王小波的，我還拉李敬澤兄給我寫了他寫張岱的文章題目：「一世界的熱鬧，一個人的夢。」我還想找點兒和尚的墨跡，中國的沒甚麼留下，日本的都成了他們的國寶，我買了一些荒木經惟的大字，還打算買一點井上有一的單字，我還打算自己寫一點一休宗純寫過的句子：「一夜杏花雨，滿城流水香」「風狂狂客起狂風，來往淫坊酒肆中」。

第三、書房要有窗，窗外近處有花、遠處有樹。花和樹放在窗子裏看，特別好看。花濃樹重的時候，映書皆明，花殘樹簡的時候，滌心皆凜。喜鵲在樹杈築巢，從各處銜來長短不等的枝條。喜鵲一根根搭建，我一段段寫，它的巢築完了，我的小說寫完了。儘管我不知道這兩者的關係，我確定這兩者一定有某種關係。

第四、書房要有零星植物。拿個宋元的龍泉窰或金元的鈞

窯完整花器裝新鮮的花朵，拿個殘器裝殘荷，北方菖蒲難養，有些蘭草反而抗糟，一週澆一次水，就能活得很好。

第五、書房要有點桌椅。不用太多，一張桌子，一把椅子，最多兩把椅子。桌子要大，可以堆兩三堆書，可以同時攤開，對照、參考，比如讀《資治通鑑》時同時打開某部二十四史和某冊《中國歷史地圖集》。椅子要硬木明式的，長期坐着，坐在木頭上比坐在塑料化纖上更舒服，也更容易正襟危坐，帶着浩然之氣去讀去寫去思考。

第六、書房要有床，一張小單人床就好。午飯之後，讀三五頁書，渾然入睡，昏然醒來，一天神清氣爽，讀書寫作有如神助。

第七、書房要有個舊中藥櫃。一對，每個上下左右七排斗，一斗三格，可以收納現代生活中的各類小件雜物，比如充電器、U盤、證件等等。

第八、書房要有個小音箱，無源，主要用來開電話會，偶爾用來聽聽民謠。

第九、書房要有茶有酒。茶提神，酒通幽。不用設茶席，有個保溫杯，有個直徑九釐米左右的小建盞就好。不用放紅酒櫃，開瓶威士忌就好，個把月不會壞，一個人慢慢喝，酒杯可用小建盞兼。

第十、書房要有筆墨紙硯。唐宋石硯一大、一小，兼顧寫大字和寫小字的需求，讀寫累了，酒喝多了，寫寫毛筆字，熱氣徐徐從十指出。

第十一、書房要有點古董，養眼，養手，養心。找個紫檀托盤，放幾枚紅山和龍山碎玉、珊瑚和沉香唸珠，眼望悅目，手摸凝神。很多精神其實依附在器物上，眼望手摸古器物，追三代遺風，如面見上古先賢；格物致知，補經傳缺亡，正腐儒謬誤。

第十二、書房要有書，很多、很多書。所有空的牆上都裝書架，所有書架都放上書。儘管已經明白，人生有涯，不可能讀盡天下書，至今還沒怎麼涉獵的領域，估計餘生裏也不會很深地涉獵了，但是在已經涉獵的領域會越探求越深入，相關的書也會越積越多。

在之後的半年裏，我會按照上面的標準，用散碎時間把書房收拾出來，然後沒事兒就泡在裏面，不知斗轉星移、春去秋來、老之將至。

天堂其實不是圖書館的樣子，是書房的樣子。

關於自我
佛界易入，魔界難入

你們沒種過相思
你們沒失過理智
你們沒在佛前燃掉中指

你們不配談詩

十方來去
詩是你們下輩子的事

——〈詩〉

攝影師：黎曉亮

翻譯泰戈爾《飛鳥集》的
二十七個刹那

1

中國傳統培養文人的指導思想是：培養出的文人應該是嚴格意義上的通才，可以從事各種職業，地方官吏、鹽鐵專賣、紀檢監察，甚至包括製造武器、修築大壩等等理工科技術要求很高的職業。

對於偏文科的職業，培養出的文人運用常識、邏輯、對於人性的洞察，上手幾個月可以粗通，幹了兩三年可以小成，磨礪七八年成為幹將。對於理工科技術要求很高的職業，作為通才的文人通過選、用、育、留專業技術人員也可以完成。

通才的培養看上去虛，但也有相當的講究，常用的維度可以歸納為管事、管人、管自己。管事和管人不容易，涉及常識、邏輯。把事兒想明白、說清楚，讓一個團隊聽話、出活兒，都是需要修煉的地方，以德服人或者以缺德服人都不容易，所以《紅樓夢》裏強調「世事洞明皆學問，人情練達即文章」。管自己更難，如何發揮自己的潛能、駕馭自己的慾望、管理自己的情緒等等，是需要幾十萬字解釋的東西，所以「修身齊家治國平天下」中第一位、第一步是修自己的身，對自己狠。有意

思的是，MBA 的教育原則和麥肯錫的培養原則也是：經理人應該是嚴格意義上的通才，管理本身是種通用於諸多行業的手藝。

古今中外，小二十年學習、實踐下來，「為師、為相、為將」，我似乎也成了個放到哪裏都能撅着屁股幹的通才。但是，有兩個職業，我堅定地認為，我幹不了。不是不會幹，是太難，幹着太痛苦。

一個幹不了的職業是律師。在幾個場合中深度接觸律師後，我才發現，律師能羅列出那麼多小概率事件，在這些小概率事件中，人性能呈現出那麼豐富的陰暗。硬着頭皮做十年律師之後，我再閉門寫小說，估計小說裏面的無盡黑暗會淹沒曾經滿是柔軟的無盡光明；我再出門幹俗務，估計管理風格中的以德服人都換成了以缺德服人。

另一個幹不了的職業是翻譯。語言是人類發明的最具欺騙性的工具，文化是某個人類種群最大的信息聚合，翻譯是用最具欺騙性的工具在兩個信息之海中間架一座準確、通暢、景色優美的橋。

翻譯做多了，我擔心我出現精神症狀。

2

一直負責出版我簡體中文書的小孫忽然問我：馮唐老師，您想不想翻譯泰戈爾的《飛鳥集》？給您最高標準的翻譯費，每個字很多錢。

我想都沒想就答應了。

後來，一邊翻譯，一邊想到了一些原因。

比如，小孫勤學上進、靠譜縝密，不會害我。

比如，我剛辭了工作，下一個工作要明年初才開始，正好可以做些稍稍從容的事情。過去十五年，每次都是一年撈到幾天，這幾天就是拚命寫小說。

比如，認真的寫作者和職業運動員也有相似之處，也需要嚴格的常規訓練。一本本寫小說，就像運動員的「以練代訓」，不是說不可以，而是加上常規訓練就更好。對於寫作者，我能想像的最好的常規訓練莫過於用現代漢語翻譯經典古代漢語、用現代漢語翻譯經典西方文章，用更少的字數，不失原文的意境和汁液。

比如，泰戈爾得過諾貝爾獎，我想知道，一百年前，政治味道不濃的時候，給東方的諾貝爾獎是甚麼味道。

比如，流行譯本的作者鄭振鐸是民國搖曳的人物之一，少年時代我仔細讀過《西諦書話》，我想就着他的翻譯走到民國，掂掂那時的月色風聲。我堅信民國時代的中文還在轉型期，我現在有能力把中文用得更好。

比如，我是中文超簡詩派創始人，詩歌長度通常比唐詩七律、七絕、五律、五絕還短。據說《飛鳥集》也是濃縮得不能再濃縮的詩集，我想仔細見識一下。

比如，小孫說，最高的翻譯費，每個字很多錢。從少年時代起，我就幻想着能靠碼字過上自由自在的生活，不知道過了這麼多年，幻想是不是還是幻想？

3

幻想還是幻想，幻想很快落空了。《飛鳥集》字數出奇地少，如果我在一萬個漢字之內翻譯不完，是我的恥辱，我對不起漢語，請借我一把割腕或者剖腹用的蒙古刀。

但是既然答應翻譯了，就尊重契約精神，翻譯下去。

4

小孫給我寄來了泰戈爾的原本。小孫講究，說：這樣，馮譯《飛鳥集》在版權頁上就可以清晰標註：譯自 Forgotten Books 出版社二〇一二年七月重印本。

5

我在加州灣區納帕附近租了個民房——一個純美國老太太很早之前買的。那時候，附近的海軍基地還沒廢棄，修船廠船來船往，很熱鬧。如今冷清了，廢棄基地的一部份活化成了濱海公園，可以跑步，可以聽海，可以體會空寂，間或有警告牌，說：不能再往前了，可能有沒清乾淨的炸彈。

房子不大，院子很大。房子裏很多東西，粗分兩類，比美國老太太還老的東西和沒美國老太太老但是她捨不得丟掉的東西。院子裏很多香草，薄荷、薰衣草、鼠尾草、百里香、迷迭

香，還有不少果樹、檸檬、橘子、無花果，還有片小菜地，西紅柿、茄子、不知名的瓜，還有完全不修整的芭蕉、完全自由的紫色牽牛花、完全想來就來想走就走的野貓，五組椅子——一天中隨着太陽和風的變化，人可以變化自己屁股的位置。

我找了半天形容詞來總結這個院子，沒得逞。偶爾聽到一個意大利人的用詞，「有組織的雜亂」，貼切。

貼地面運動的是螞蟻。人坐着的時候，沿着人的鞋子和褲子爬進人的身體。意識不到的時候，無所謂；感到了，一個冷顫，儘管不知道冷顫個甚麼。

齊身體高低運動的是蒼蠅、蜜蜂、松鼠和小鳥。牠們圍着植物的花和果實忙碌，不知道牠們何時生、何時死，估計牠們自己也不知道，也不想知道。太陽出來了，還能忙碌，就是賺了。

高過頭頂運動的是風。不知道它從何處來，不知道它去向何處，不知道它現在要幹嗎。但是，風撥動樹葉，不同角度、力度、持續時間，發出細碎的聲音，從不重複，我聽一兩個小時也不會煩。風敲響掛在屋簷下的風鈴，晝夜不停，睡前是它，睡醒是它，夢裏是它，真好聽，日本京都精於禪宗音樂的和尚也敲不出。

高過房頂的是雲。它想變成啥樣子就變成啥樣子。我去冰箱裏又開了一瓶不同牌子的當地啤酒，再回到院子，它又變了一個姿勢給我看。

果樹長滿了果實，沒人摘，蟻過、貓過、風過、雲過，熟透的果實脫落，砸在地上，皮球一樣，人頭一樣，所有躲不開

的事情一樣。

6

剛開始翻譯就出現問題。

鄭振鐸舊譯總體偏平實，但是集子題目反而翻得飄。《Stray Birds》翻譯為《飛鳥集》，從英文字面和裏面多數詩歌的指向，翻譯成《迷鳥集》或者《失鳥集》似乎更好。

想了想，還是決定保留《飛鳥集》這個名字。幾個原因：《飛鳥集》已經被中文讀者所熟知；「迷鳥」或者「失鳥」不是已知漢語詞彙，「飛鳥」是；我喜歡的詩人李白寫過一句我喜歡的詩，「眾鳥高飛盡，孤雲獨去閒」。

據説，鳥從來不迷路，鳥善於利用太陽、星辰、地球磁場等等現成的偉大事物隨時幫助自己確定方向。

人才常常迷路。

7

鄭振鐸的序言裏説，泰戈爾最初的著作都是用孟加拉文寫的，比之後的英文翻譯更加美麗。

我沒問到，泰戈爾的孟加拉文詩歌是否押韻。但是泰戈爾的英文翻譯是不押韻的，鄭振鐸的漢語翻譯是不押韻的，無論英文還是中文都更像剝到骨髓的散文。

我固執地認為，詩應該押韻。詩不押韻，就像姑娘沒頭髮一樣彆扭。不押韻的一流詩歌即使勉強算作詩，也不如押韻的

二流詩歌。我決定，我的譯本盡全力押韻。翻譯過程中發現，這個決定耗掉了我大量精力，翻譯中一半的時間是在尋找最佳的押韻。在尋找押韻的過程中，我越來越堅信，押韻是詩人最厲害的武器。

有了押韻，詩人就可以征服世界去了。

「天子呼來不上船，自稱臣是酒中仙。」

8

翻譯第一首的時候，就遇到一個困難的權衡。

英文原文是：

Stray birds of summer come to my window to sing and fly away.

And yellow leaves of autumn, which have no songs, flutter and fall there with a sigh.

一種翻譯風格可以更貼近中國古體詩，可以更整潔：

夏日飛鳥
我窗鳴叫
斂歌而消

秋天黃葉

無翼無嘯

墜地而憔

另一種翻譯風格可以更貼近現代詩，可以更繚繞：

夏日的飛鳥來到我窗前

歌

笑

翩躚

消失在我眼前

秋天的黃葉一直在窗前

無歌

無笑

無翩躚

墜落在我眼前

斟酌再三，選擇了後一種作為翻譯《飛鳥集》的整體風格。最主要的原因是，現在是現代了。

9

翻譯完五十首之後，我開始懷疑我是不是適合翻譯《飛鳥集》。我的風格是行神如空、行氣如虹，「羅襦寶帶為君解，

燕歌趙舞為君開」。相比之下，《飛鳥集》似乎太軟了，泰戈爾似乎太軟了，似乎由徐志摩、謝冰心、戴望舒、張恨水、汪國真、董橋等「碧桃滿樹、風日水濱」的前輩們來翻譯更合適。

再翻譯一百首之後，我覺得我錯了，我還是適合翻譯《飛鳥集》的。

第一、小溪和瀑布是不一樣的，池塘和大海是不一樣的。有些作者表面看着溫軟，實際上也是溫軟。有些作者表面看着溫軟，但是內心強大、金剛智慧，太極拳也能一招制敵。泰戈爾是後者。

比如，《飛鳥集》第七十一首：

砍樹的鐵斧向樹要木頭把兒
樹給了它

第二、每個人，包括我，也有柔軟的部份。我也喜歡早上下一陣小雨，也喜歡小男孩、小女孩緊緊拽着我的手去看他們想讓我看的東西。

翻譯的一瞬間，我也回想起了二十多年前，我和我初戀，在一個屋子裏抱在一起，從早到晚，三十多天，儘管我們都學過了《生理衛生》，仍然一直穿着衣服，一直甚麼也沒做。

如果不是翻譯《飛鳥集》，我都忘了，我曾經那麼純潔。

10

出書的時候，我會和出版商建議，哪怕詩再短，也要一首佔一頁。多餘的空間就空在那裏，彷彿山水畫中的留白。

讀最好的短詩，需要留白，需要停頓，需要長長嘆一口氣，然後再接着讀下一首。

彷彿親最好的嘴唇，需要閉眼，需要停頓，需要長長嘆一口氣，然後再說：「我還要再見你，再見的時候，我還要這樣閉上眼睛。」

11

和其他類型的創造一樣，碼字也要在「有我」和「無我」之間尋求平衡。寫作應該更偏「無我」一些。最好的寫作是老天抓着作者的手碼字，作者只是某種媒介而已。翻譯應該更「有我」一些，否則，一邊是一個悠久文化中的寫作大師，另一邊是另一個悠久文化的眾多經典，沒些渾不吝的「有我」勁兒，怎麼逢山開道、遇水搭橋？

具體到翻譯詩，就需要更加「有我」，力圖還魂。在翻譯《飛鳥集》的過程中，我沒百分之百尊重原文，但是我覺得我有自由平衡信、達、雅。人生事貴快意，何況譯詩？

12

翻譯的「有我」之境，不只是譯者的遣詞、造句、佈局、

押韻，更是譯者的見識、敏感、光明、黑暗。

《飛鳥集》第十二首，粗看英文原文和中文譯文都不抓人：

「滄海，你用的是哪種語言？」

「永不止息的探問。」

「蒼天，你用的是哪種語言？」

「永不止息的沉默。」

翻譯的剎那，我想起我和我初戀之間很多很平淡無奇的對話。

分手之後很多年，偶爾聯繫，我總是忍不住問：「為甚麼我們不能在一起？沒任何世俗暗示，只是問問。」我初戀總是不答，怎麼問，也還是不答。有一陣，我初戀見我之前，都要提醒我：「能不能不要問問題了？」我忍住不問了，又過了一陣，就沒聯繫了。

翻譯的剎那，我想起我一直沒得到回答的問題，我似乎懂了，再也不想問了。

在筆記本上抄了一遍《飛鳥集》第四十二首：

你對我微笑不語

為這句我等了幾個世紀

13

　好的短詩不是對於生活的過度歸納，而是山裏的玉石、海裏的珍珠。

　友人知道我在翻譯詩歌，發過來一個截屏：

> 在這個憂傷而明媚的三月
> 我從我單薄的青春裏打馬而過
> 穿過紫堇
> 穿過木棉
> 穿過時隱時現的悲喜和無常
>
> 翻譯：It's March, I'm a bitch

　這不是好詩，不是好翻譯，而是段子手對於生活過度的歸納。

　同樣字數少，「陌上花開，可徐徐歸」是好的短詩。

14

　更多「神譯」在我翻譯《飛鳥集》的過程中被轉來。

　We Are the Champions，我們都是昌平人；We Found

Love，濰坊的愛；Young Girls，秧歌；Open Heart，開心；Because You Love Me，因為你是我的優樂美；We Need Medicine，我們不能放棄治療；Wake Me Up When September Ends，一覺睡到國慶節；The Best of the Yardbirds，絕味鴨脖；Follow Your Heart，慫；等等。

這些和好翻譯沒有關係，就像小聰明和大智慧沒有關係。

《飛鳥集》第九十六首是這樣說的：

此時的噪音
嘲笑永恆的樂音

15

有些詩的好處在於拿捏準確。比如《飛鳥集》第十九首：

神啊
我的欲念如此紛紛擾擾呆癡憨傻
好吧
我只是聽聽吧

我對妄念的定義是：如果你有一個期望，這個期望長期揮之不去，而且需要別人來滿足，這個期望就是妄念。

有些時候，一些妄念莫名其妙地升起。你知道是妄念，但是你不知道這些妄念為甚麼升起，也不知道這些妄念會到哪裏

152

去。多數時候，你無法阻止妄念升起，就像你無法阻止你的屎意和尿意。多數時候，你也不應該被這些妄念挾持，做出無數後悔的事兒。

合適的態度就像這首詩裏的態度，既然被神這麼設計我們了，既然這種設計會讓我們有妄念產生，那就找個安靜的地方，聽聽妄念如何嘮叨，看看妄念如何霧散雲消。

16

有些詩的好處在於三觀貼心。比如《飛鳥集》第二十首：

> 我做不到選擇最好的
> 是最好的選擇了我

這種態度裏面滿滿的是自信、樂觀、順應、坦然。既然生為一朵花，那就別總想着最好是生為一朵花、一棵草，還是一棵樹，對你而言，成為一朵花就是最好的。

17

有些詩的好處在於解決現實問題。

我進入大學之後，一路追求「第一、唯一、最」，一味迷信只問耕耘、不問收穫，生活簡單、思想複雜，行萬里路、讀萬卷書，一週工作八十小時以上，一年飛十萬公里以上，在吃苦的過程中獲得一種苦行的快感。看着這個「我」越來越鋒利，

常常內心腫脹地背誦那首古詩:「十年磨一劍,霜刃未曾試。今日把示君,誰有不平事?」後來經歷的事兒多了些,隱約覺得這種執着中有非常不對的東西,鋒利不該是全部,一個人能左右的東西其實也不多。

翻譯《飛鳥集》第四十五首,心裏釋然了很多:

> 他尊他的劍為神
> 劍勝了
> 他輸了

18

灣區的夏天很冷,最熱的天兒,下水游泳也凍得慌,馬克·吐溫甚至說過,「我所經歷過最冷的冬天就是舊金山的夏天。」但是靠近中午的時候,大太陽出來,天可以變得挺熱,我就把電腦和書搬出來,坐在院子陰涼的地方,吹風,看雲,聽樹,譯詩。

在戶外譯詩的好處是,詩變成一種很自然的東西,彷彿風動、雲捲、樹搖、貓走、雨來,人硬造的稜角減少,塑料花慢慢有了些真花的風致了。

太陽快熄滅的時候,晚霞滿天,不似人間。用院子裏雜木的枯枝和網購包裝紙箱點起一盆篝火,院子裏又能多坐一會兒了。掐一把鼠尾草和薰衣草放在火盆罩上,開一瓶紅酒放在手邊,又能多翻譯好幾首詩了。

19

月有陰晴圓缺，小說有起承轉合，一本詩集也有高峰和低谷，《飛鳥集》似乎也不例外，翻譯到中間，不少詩平平。

烤鴨不都是皮，大師也是人，泰戈爾也不是神。

20

詩常常因為用詞單一和意境單調受人攻擊。

網上流傳，唐詩基本總結為：田園有宅男，邊塞多憤青。詠古傷不起，送別滿基情。人妻守空房，浪子臥青樓。去國傷不起，滿懷平戎憂。宋詞基本總結為：小資喝花酒，老兵坐床頭，知青詠古自助遊。皇上宮中愁，剩女宅家裏，蘿莉嫁王侯，名媛丈夫死得早，妹妹在青樓。

《飛鳥集》裏頻繁出現的是：花、草、樹、天、地、海、人、神、夜、晨、星、月、日、風、雨、淚、笑、歌、心、詩、燈、窗。

但是，轉一個角度，從更正面的角度想這種單一和單調。一生不長，重要的事兒也沒那麼多，《飛鳥集》中涉及的這些不多的簡單的東西，恰恰構成生命中最重要的部份。

我一直生活、工作在大城市，最常做的運動是：開會、思考、看書、喝茶、飲酒，從來不認為自己可以長時間待在非大城市的地方。在納帕鄉間翻譯《飛鳥集》，讓我第一次意識到，大城市也不是必需，有了花、草、樹、天、地、海、人、神、夜、晨、星、月、日、風、雨、淚、笑、歌、心、詩、燈、窗，就很好了。

21

《飛鳥集》三百二十五首短詩，完全沒順序，和《論語》一樣。細想，生命不是也一樣？

22

鄭振鐸，一八九八年十二月十九日生，二十幾歲翻譯《飛鳥集》，不求押韻，但是基本沒有翻譯錯誤，平順中正。我們這一輩、我們上一輩、我們下一輩，二十幾歲的時候，都幹甚麼去了？

23

在翻譯《飛鳥集》第二百一十九首的時候，我第一次也是唯一一次覺得鄭振鐸的翻譯出現了明顯問題。

原文：Men are cruel, but Man is kind.

鄭譯：獨夫們是兇暴的，但人民是善良的。

感到兩個問題。

第一是 Men 為甚麼譯為「獨夫們」（又，既然是獨夫，何來「們」）？ Man 為甚麼譯為「人民」？

第二是，即使詞沒譯錯，總體意思出現了常識問題。獨夫的確殘暴，但是獨夫統治下的人民從來就不是善良的，如果不是大部份不善良，也一定不是大部份善良。否則，獨夫的力量從哪裏來？納粹在歐洲，日本兵在南京，大部份都不是善良的。

這些成群結隊的「人民」，滅絕人性時，沒體現出任何善良，而且在過程中堅信自己是正確的。

我的體會，這首詩揭示的是眾人和個體之間的巨大差異。個體的人性中，有善、有惡、有神聖，單一個體容易平衡，很難呈現大惡，即使出現，也會被其他人迅速撲滅，不會造成大害。而聚合成組織，個體的惡有可能被集中放大，被管理者利用，形成大惡。一旦集體意志形成，機器開動，個體無助，或被機器消滅，或成為機器的一部份，去消滅他人。從這個角度觀照，Men 指某些人的聚合，指團隊、政黨、政權等等，Man 指人性，你、我、他、她，每個個體展現的人性。

翻譯的時候，我想了很久，簡單的譯法是：眾人是殘酷的，人性是善良的。

但是最後譯成：庸眾是殘酷的，每個人是善良的。

只有庸眾而不是普通群眾才是殘酷的，庸眾的特徵是唯利是從、唯權是從、唯捷徑是從、唯成功是從，無論甚麼樣的當權者，只要是當權者說的，都是對的；無論是非曲折，只要有人倒霉，特別是似乎過得比自己好的人倒霉，就會叫好。人性本善，不錯，但是這首詩強調的是個體，重點不在善，翻譯成每個人更警世。而且，每個人加在一起就是人類，每個人都有的，就是人性。

譯完，想起在二戰的德國、紅色高棉的束埔寨，庸眾的所作所為，愣了很久，發了個微博：「翻譯《飛鳥集》第二一九首：'Men are cruel, but Man is kind.' /『庸眾是殘酷的，每個人

是善良的』……簡單一句話，想了很久。」

此微博，評論超四百個，轉發近一千五百次，閱讀一百五十萬次。有指點的，有挖苦的，有顯擺學問的，有手癢自己重譯的。好久沒看到眾人對一句英文這麼認真了，真好。

大學英文系教授朱績崧（文冤閣大學士）數條微博和微信賜教：「拙譯：惡者雖眾，人性本善。用『眾』和『人』分別對應 Men 和 Man。」「語言的本質是分類系統，不同的語言就是不同的分類系統。跨語種的翻譯（interlingual translation）本來就是在不同的分類系統之間做出的近似匹配，嚴絲密縫的吻合是奇蹟，可遇不可求。所以，翻譯的常態只能是妥協，絕不是完美。」

我回：「感謝指點。翻譯原則不一定只有一套，信達雅在具體位置上如何平衡，譯者有一定的自主權。人生事貴快意，何況譯詩？詩意不只是在翻譯中失去的，詩意也可以是在翻譯中增加的，彷彿酒倒進杯子。」

24

英文原版出現了一個排版錯誤，第二百六十三首和第九十八首完全重複，鄭譯本已經糾正了。

25

在翻譯完成前幾天，地震了，震中就在納帕，六級。我出門去南邊，沒在。夜裏還是被震醒。想起灣區房子都是木頭做

158

的，就又倒頭睡了。

　　新聞裏説，納帕已經二十五年沒大地震了，很多酒莊的存酒都被毀了，酒桶滾了一地，酒瓶子碎了一地。

26

　　我有個公眾微信號：fengtang1971。歡迎詞是這樣寫的：歡迎，歡迎，熱烈歡迎。馮唐讀詩，馮唐詩、唐詩、詩經、現代詩、外國詩。偶爾發馮唐雜文，更偶爾發馮唐照的照片。詩不當吃喝，但是詩是我們生活的必需。不着急，不害怕，且讀詩，且飲酒。「讀詩再睡教」。

　　我自己的詩早就讀完了。翻譯《飛鳥集》之後，我開始在微信公眾號上每天讀一首《飛鳥集》中的短詩，先英文原文，再馮唐翻譯，偶爾加入我的簡短解讀。

　　有人諷刺我英文發音，我覺得還是堅持我的北京腔英文。留下幾個吐槽點，聽眾容易快樂。

　　有人把微信語音轉文字的功能用在我的公眾微信上，因為裏面有北京腔的中文、英文和偶爾的結巴，轉換出的文字多類似如下：

　　「繼續讀泰戈爾的飛鳥集第十六首這首詩反映的時候讓我想起惡風動心動那個著名的公安代謝 MSN 的筆試模擬兒的窩兒來着怕失敗是 DOS 防盜門腦子都沒看到的中文翻譯新的一天我坐在床前世界如果刻在我面前走過停了點頭了又走了」

　　我想，這個就是傳説中的火星文吧？漢語是活的，三千年

前的甲骨文還沒被通讀，三千年後的漢語又是甚麼樣子呢？

27

譯完的那天，餘震不斷。翻譯完，總的淨字數八千零二個。

我開了一瓶 Merry Edward 二〇一二年的「長相思」，不算貴，但據説是世界上最好的「長相思」，喝到微醺。

我很開心，對自己説：「我盡力了，我盡全力了。」開心得完全忘了翻譯之前心裏糾結的那幾十件江湖恩怨和煩瑣世事。

我決定再讀佛經，特別是鳩摩羅什翻譯的佛經。

傳來消息，翻譯家孫仲旭因抑鬱症自殺，年四十一歲。我和他神交很久，緣吝一面。眼睛一濕。人似草木。走好，過一陣一起喝小酒，一起聊那些我們都愛的讀寫人。

我很早就把新浪微博的認證改為了簡單兩個字：詩人，也在四十歲剛過的時候出版了《馮唐詩百首》，創立了超簡詩派。中國有很多圈子，詩人也有個圈子。我不是這個圈子裏的，也沒嘗試過進入這個圈子，這個圈子似乎也不認可我是個詩人，似乎也不認可《馮唐詩百首》是詩歌。翻譯完《飛鳥集》，我堅定地相信，《馮唐詩百首》是詩歌，裏面有很好的詩歌，馮唐是個詩人。

無論這個詩歌圈子怎麼説，我不用臥軌、不用早夭，「春風十里，不如你」這七個字在我活着的時候就已經在講漢語的地方口耳相傳。想到這兒，我忍不住，笑出聲了。

你對我微笑不語

三十年前，在我上學的時候，泰戈爾可紅了，一是因為他的詩文被收錄到中學課本，考試常常會考到；二是因為他被冰心、徐志摩、鄭振鐸等等民國文人翻譯和讚頌，民國文人似乎比建國後的文人更文藝。但是有了電腦之後，有了手機之後，特別是智能手機普及之後，看書的人越來越少，文藝青年越來越受歧視，詩人越來越像個罵人的稱謂，他的知名度相對降低了不少。

二○一五年年底，我翻譯的《飛鳥集》出版接近半年之後，泰戈爾的名字因為我這本翻譯書又熱鬧了起來。我真不是很清楚最開始是怎麼回事。我記得最早看到的一篇是〈王小波十五歲便明白的道理，馮唐四十四歲還沒想明白〉，大概吐槽點是王小波在小時候聽哥哥唸到查良錚先生的翻譯，「我愛你，彼得興建的大城，我愛你嚴肅整齊的面容，涅瓦河的流水多麼莊嚴」等等，覺得這是好的中文，而我四十四歲了，還不覺得鄭振鐸翻譯的是好中文。我只是笑了笑，不知道寫這篇文章的作者多大歲數、小時候看甚麼中文長大的，我心裏想的是，我一

直沒培養出從翻譯作品中學習漢語的習慣，我學習漢語的材料是《詩經》《史記》《資治通鑑》、歷朝筆記、唐詩、宋詞、元曲、明清時調。

隔了三天，別人轉給我另一篇〈馮唐翻譯了飛鳥集，於是泰戈爾就變成了郭敬明〉，我還是沒當回事兒，也沒在意。這種句式聽上去氣派，但是用的人很可能也沒讀過泰戈爾的原文、我的翻譯，很可能也沒讀過多少郭敬明。

再過幾天，輿論就變得令人拍案驚奇了，出現很多類似如下的題目：〈馮唐入圍文學翻譯最高獎，飛鳥集震驚世界文壇〉〈馮唐的譯風逾越了翻譯的底線〉〈當黑馮唐成為文藝圈兒的一次狂歡〉〈馮唐一譯詩，泰戈爾兩行淚〉。也有打抱不平的文章，比如〈你為甚麼只看到褲襠〉等；也有陰謀論的文章，比如〈一次莫名其妙的下架：一本沒多少人讀的書，怎麼危害孩子們〉等；也有覺得小題大做了的文章，比如〈飛鳥集下架，才是糟蹋飛鳥集的最佳方式〉。

再之後就更離譜了，有些文章的題目是〈馮唐翻譯泰戈爾惹大禍，印度網友說馬上絞死他〉。再之後就是印度媒體派來使者，約我喝咖啡，聊了一個小時，試圖和我一起分析，到底怎麼了？

我翻譯《飛鳥集》的初心是想借翻譯一本東方先賢的極簡詩集安靜下來。在我一心向學之後、二〇一四年七月之前，我一直忙碌，總覺得書讀不完、要加緊，事兒做不完、要加緊，人見不完、要加緊。二〇一四年七月我辭職，飛到加州灣區呆

着，我想我需要學點我不會的東西，比如慢下來、安靜下來。人總是要死的，忙是死，慢也是死，我忙了三十年，我試試慢上三個月。

我選《飛鳥集》的原因也簡單：泰戈爾是亞洲第一個得諾貝爾文學獎的，是我小時候愛讀的；《飛鳥集》字數很少，但是意思很深。

翻譯《飛鳥集》的三個月是我人生最美好的一段時光。我租了一個靠近納帕溪谷的房子，房子很破舊，院子很大，草木豐美，蟲鳥出沒，風來來去去，風鈴叮叮噹噹。三個月，一百瓶酒，三百二十六首詩，八千字。有時候，一天只能翻定幾個字，「僧推月下門」還是「僧敲月下門」，推敲之後，飲酒，飲酒之後發呆，看天光在酒杯裏一點點消失，心裏的詩滿滿的，「她期待的臉縈繞我的夢，雨落進夜的城」。

翻譯《飛鳥集》之後，我對泰戈爾的印象有顯著改變。他不像民國文人翻譯得那麼小清新，骨子裏有種強大的東方智慧的力量：「我感恩，我不是權力的車輪，我只是被車輪碾碎的某個鮮活的人。」《飛鳥集》並不是一個兒童讀物，泰戈爾寫作這本詩集時已經五十多歲了，兒童很難理解這些詩裏的苦。如果不是過去三年的遭遇，我自己也很難真正理解：「斧頭向樹借把兒，樹給了它。」他比我想像中更熱愛婦女：「我不知道，這心為甚麼在寂寞中枯焦。為了那些細小的需要，從沒說要，從不明瞭，總想忘掉。」他在世間萬物中看到神奇：「你的聲音，在我心上。低低的海聲，在傾聽的松。」

總結歸納爭議，批評的聲音集中於三點。

第一、篡改了泰戈爾的原意。我不想爭論到底誰更理解他的原意，我想爭論的是我有自己理解泰戈爾原意的自由，我有在我自己的翻譯中表達我自己的理解的自由。從另一個層面講，院中竹、眼中竹、心中竹、腦中竹、手下畫出的竹子、觀者眼中的竹子都不盡相同，泰戈爾自己翻譯成英文的《飛鳥集》和他的孟加拉文的詩也不盡相同，哪個又是他的原意呢？「院子裏有兩棵樹。一棵是棗樹，另一棵也是棗樹。」魯迅的原意是甚麼呢？

第二、玷污了泰戈爾的純潔。批評的聲音在三百二十六首詩中挑出來三首，三首中挑出了三個詞，三個詞一共五個字，為這五個字，堆了幾十噸口水。這五個字是：褲襠，挺騷，噠。我不想爭論這五個字是否真的不雅，我想爭論的是我有使用甚至創造我自己漢語體系的自由。我不想爭論的是我的翻譯和鄭振鐸的翻譯誰更好，我不想爭論我的翻譯風格是否逾越了翻譯的底線，我想爭論的是我是我，所以我只能用我的詞彙體系。我的詞彙體系裏，這三個詞、五個字純潔如處女、朗月、清風。

第三、借泰戈爾炒作。我厭惡一切陰謀論。我厭惡以惡意度人，哪怕有些人的確是心懷惡意。生命很短，善意度人也是一輩子，惡意度人也是一輩子，我覺得還是用第一種方式度過生命比較愉快。

在批評的聲音裏，馮譯《飛鳥集》被下架了。儘管殺掉所有的公雞，天還是會亮的，但是這本《飛鳥集》一時半會兒是

164

看不到了。

　　我想着在天上的泰戈爾，「你對我微笑不語」。

小小的一個人

1

一九一八年十月五日，周作人在日記裏記到：「我特別記得是陶孟和主編的這一回，我送去一篇譯稿，是日本江馬修的小説，題目是《小的一個人》，無論怎麼都總是譯不好，陶君給我添了一個字，改作《小小的一個人》，這個我至今不能忘記，真可以説是『一字師』了。」

不知道為甚麼，我四十五歲之後，總想好好寫寫周作人，似乎他身上藏着中國近現代史的巨大秘密，藏着中國文人心性的巨大秘密。不知道為甚麼，我總覺得，寫周作人，沒有比《小小的一個人》更好的題目了。

2

周作人是一個沒有排名的人。

我們是個熱愛排名的民族，我們崇尚「第一、唯一、最」。權威的排名一旦形成，我們就崇拜到底。武將有排名：一呂二趙三典韋，四關五馬六張飛。文人也有排名：魯（迅）郭（沫若）茅（盾），巴（金）老（舍）曹（禺）。

166

別問我這些排名是怎麼形成的，我也不知道。我比較確定，這些排名都沒甚麼精當的評分系統，這些排名都有明顯的傾向性和功利性。周作人在一九四六年五月就已經被民國政府定為「漢奸」，無論舊中國還是新中國，我幾乎確定，涉及文人的排名，怎麼排也排不上周作人。

我小時候也迷信排名。五年級的時候，第一次買文人的全集，買的就是《魯迅全集》，魯迅排名第一啊。我小時候也迷過魯迅，立意刻薄快意，用字陰鬱悲切，適合心懷大惡、充滿顛覆世界的理想的年輕人。四十歲之後再想，五百年後，人們還讀的魯迅文字一定不是那些撕逼的雜文和論文一樣立意先行的短篇小說，一定是《朝花夕拾》《故事新編》和《中國小說史略》等幾種脫開即時性的著述。　　　　　　　．

我確定，五百年後，看周作人文字的人要明顯多於看魯迅文字的人。文字不朽和文人排名沒甚麼必然的關係。

3

周作人是一個沒有金句的人。

對於文藝青年來說，周作人是個非常不討喜的人，他完全沒有金句。也就是說，即使大家知道民國有過這樣一個人名，魯迅有過這樣一個弟弟，但是大家完全想不起來，周作人寫過哪個句子，最多能想起來幾個雜文集的名字，比如《雨天的書》《自己的園地》等。

董橋有金句：「中美知識產權談判桌上半途換她出任團長，

幾下招式立刻成了鐵娘子，全世界看到的是這個女人胸中一片竹林，滿身豎起利刺，談吐亮情趣。」（摘自《吳儀胸中那片竹林》）

木心有金句：「車，馬，郵件都慢，一生只夠愛一個人。」（摘自《從前慢》）

張棗有金句：「只要想起一生中後悔的事，梅花就落滿了南山。」（摘自《鏡中》）

魯迅也有金句：「我家門前有兩棵樹，一棵是棗樹，另一棵也是棗樹。」（摘自《野草》）

周作人不僅沒有金句，似乎連名篇都沒有，彷彿一個不能分割的存在。格非沒金句，但是格非有《相遇》。阿城沒金句，但是阿城有《棋王》。余華沒金句，但是余華有《鮮血梅花》。

我被一個自己也寫雜文、寫小說的骨灰級文藝青年問過：「你愛周作人，我捏着鼻子看了兩個半本，到底哪點好啊？」我想來想去，不知道如何講，就像不知道如何講黑不溜秋的宋代建盞的好處，只能說，你耐心再看看，再看看，再看看。

4

周作人是一個對家事不辯解的人。

現代心理學講，自責是負能量最大的一種情緒。所以，幾乎所有人都自我開脫，特別是有一定話語權的人。周作人一生裏至少有兩件事值得他仔細辯解：一是和他哥哥魯迅反目成仇，二是為日偽政權服務成為漢奸。我翻過周作人幾乎所有的書，

他沒有正面辯解一次。

對於兄弟反目，魯迅是這樣寫的：「是夜始改在自室吃飯，自具一餚，此可記也」，「下午往八道灣宅取書及什器，比進西廂，啟孟及其妻突出罵詈毆打，又以電話招重久及張鳳舉、徐耀辰來，其妻向之述我罪狀，多穢語，凡捏造未圓處，則啟孟救正之，然終取書、器而出。」周作人是這樣寫的：「魯迅先生：我昨天才知道，——但過去的事不必再說了。我不是基督徒，卻幸而尚能擔受得起，也不想責誰，——大家都是可憐的人間。我以前的薔薇的夢原來是虛幻，現在所見的或者才是真的人生。我想訂正我的思想，重新入新的生活。以後請不要再到後邊院子裏來，沒有別的話。願你安心，自重。七月十八日，作人。」

周作人自己闡述過不辯解的原因：「我們回想起以前讀過的古文，只有楊惲《報孫會宗書》，嵇康《與山濤絕交書》，文章實在寫得很好，都因此招到非命的死，乃是筆禍史的資料，卻記不起有一篇辯解文，能夠達到息事寧人的目的的。」

周作人自己堅定地認為：「魯迅的《傷逝》不是普通戀愛小說，乃是假借了男女的死亡來哀悼兄弟恩情的斷絕的。」

周作人反覆引用：倪元鎮為張士信所窘辱，絕口不言，或問之，元鎮曰：「一說便俗。」之後，關於魯迅的一切，周作人都盡量迴避，甚至包括魯迅的死。關於魯迅的死，周作人寫的是他和魯迅共同的母親魯老太太：「我還記得在魯迅去世的時候，上海來電報通知我，等我去告訴她知道，我一時覺得沒

有辦法，便往北平圖書館找宋紫佩，先告訴了他，要他一同前去。去了覺得不好説，就那麼經過了好些工夫，這才把要説的話説了出來，看情形沒有甚麼，兩個人才放了心。她卻説道：『我早有點料到了，你們兩個人同來，不像是尋常的事情，而且是那樣延遲儘管説些不要緊的話，愈加叫我猜着是為老大的事來的了。』」

5

周作人是一個對國事不辯解的人。

對於成為漢奸一事，周作人説的就更少：簡單描述過和土肥原的幾次交往，簡單描述過被日本軍部派來的槍手行刺，簡單描述過被國民黨政府「劫收」，被搶走了一塊刻着「聖清宗室盛昱」六字的田黃石章和一塊 Movado 鋼錶。

一九四九年，國民政府塌台，關了三年的周作人被放出來，只寫了二十八個字，一首詩：「一千一百五十日，且做浮屠學閉關，今日出門橋上望，菰蒲零落滿溪間。」

6

周作人是一個好吃的人。

周作人和其他老一輩藝術家不一樣，周作人不是一個好色的人。通常，藝術就是色情，藝術家好色，大藝術家特別好色，周作人卻一點也不。好在周作人還好吃、愛古董，否則就更難解釋他的藝術成就了。

周作人八十歲前後時寫《知堂回想錄》，充滿了對各種吃食的口水。兵荒馬亂的路上，記得「路菜」：「最重要的是所謂的『湯料』，這都好吃的東西配合而成，如香菇、蝦米、玉堂菜（京冬菜），還有一種叫做『麻雀腳』的，乃是淡竹筍上嫩枝的筍乾，曬乾了好像鳥爪似的。」考場上，記得吃食：「這一天的食糧原應由本人自備，有的只帶些乾糧就滿足了，如松子糕、棗子糕、紅綾餅等，也有半濕的茯苓糕，還有鹹的茶葉雞子，也有帶些年糕薄片。」在學校裏，記得吃食：「早晨吃了兩碗稀飯，到十點下課，往往肚裏餓得咕嚕嚕地叫，叫聽差到學堂門口買兩個銅元山東燒餅，一個銅元麻油辣醬和醋，拿着燒餅蘸着吃，吃得又香又辣，又酸又點飢，真比山珍海味還鮮。」到了北京，就是對帝都以飲食為代表的粗鄙生活的無情嘲諷：「說到北京的名物，那時我們這些窮學生實在誰也沒有享受到甚麼。我們只在煤市街的一處酒家，吃過一回便飯，問有甚麼菜，答說連魚都有，可見那時候活魚是怎麼難得而可貴了。」

我覺得寫北京最深刻的一句話是周作人寫的：「我在北京徬徨了十年，終未曾吃到好點心。」我生在北京，長在北京，在北京呆了接近三十年，我常常納悶，這樣一個草木豐美、山水俊逸、歷史悠長的地方，怎麼就這麼不講究呢？

我相信周作人在飲食上的真誠，而且在很大程度上猜想，在民國時代，江浙的飲食水平極其高，甚至世界領先。佐證是周作人對日本餐飲的最高評價就是和家鄉相似：「有些東西可

以與故鄉的甚麼相比，有些又即是中國某處的甚麼，這樣一想就很有意思。如味噌汁與乾菜湯，金山寺味噌與豆板醬，福神漬與醬咯噠，牛蒡獨活與蘆筍，鹽鮭與鰳鯗，皆相似的食物也。」

今天的日本是美食的集中地，東京是世界上米其林三星餐廳數目最多的城市。二戰前日本的餐飲應該也不會差到哪裏去吧？如此想來，十九世紀末、二十世紀初，江浙一帶的吃食得多好吃啊！

7

周作人是一個蹩腳的詩人。

周作人寫的白話詩是這個樣子的：

> 雪愈下愈大了，
> 上下左右都是滾滾的香粉一般的白雪。
> 在這中間，好像白浪中漂着兩個螞蟻。
> 他們兩人還只是掃個不歇。
> 祝福你掃雪的人！
> 我從清早起，在雪地裏行走，不得不謝謝你。

好在民國白話詩整體水平不高，讓周作人的白話詩不至於顯得差得離譜。

周作人寫的最好的舊體詩是這個樣子的：

五十自壽詩

之一

前世出家今在家，不將袍子換袈裟。
街頭終日聽談鬼，窗下通年學畫蛇。
老去無端玩骨董，閒來隨分種胡麻。
旁人若問其中意，請到寒齋吃苦茶。

之二

半是儒家半釋家，光頭更不著袈裟。
中年意趣窗前草，外道生涯洞裏蛇。
徒羨低頭咬大蒜，未妨拍桌拾芝麻。
談狐說鬼尋常事，只欠工夫吃講茶。

我喜歡周作人五十歲生日時的心態：不管世事如何，在家出家、玩古董、儒釋混雜、看草、咬蒜、說鬼、吃茶、吃茶、吃茶。

8

周作人是一個平實地描述了民國的人。

細細想來，周作人是最合適寫民國的人，而且他也真的寫了，還寫了好多。

周作人生在晚清，長於民國，死於文革，活了八十二歲。他在私塾學的國文，之後因緣際會，精通日文、希臘文、英文，

粗通俄文、德文、法文、世界語、梵文。他專業學的是工科，魚雷、輪機等等艦船操作，養活自己靠的是寫作、翻譯和教書。他生在浙江，後來北上南京、上海、北京，留學日本，再回國，再在北京呆了很久，後來死在北京。如此古今中外文理兼修，東南西北到處走過，還娶了日本老婆，還坐過牢，還有個極其了不起的哥哥，還活得長，還寫得多，在民國人物裏，我找不出第二個了。

周作人筆下的民國教育是：在私塾先生的棍棒毆打之下學習《大學》《中庸》《論語》《孟子》《詩經》。十三歲開始記日記，開始的日記裏記錄的都是讀《壺天錄》《讀史探驪錄》《淞隱漫錄》《閱微草堂筆記》《徐霞客遊記》等等。考試的題目是，「問，孟子曰我四十不動心，又曰吾善養吾浩然之氣，平時用功，此心此氣究竟如何分別，如何相通，試詳言之」，又如「問，秦易封建為郡縣，衰世之制也，何以後世沿之，至今不改，試申其義」。都說萬惡的舊社會迂腐陳舊，但是如果少年人在二十歲前能讀通這類書，能獨立思考回答好這類問題，這樣的教育絕不能說是失敗。

周作人筆下的民國革命是：「原來徐伯蓀的革命計劃是在東湖開始的，不，這還說不到甚麼革命，簡直是不折不扣的『作亂』，便是預備『造反』，佔據紹興，即使『佔據一天也好』，這是當日和他同謀的唯一的密友親口告訴我說的。當初想到的是要糾集豪傑來起義，第一要緊的是要籌集經費，既然沒有地方可搶劫，他們便計劃來攔路搶奪錢店的送現款的船隻。」這

個徐伯蓀就是不久之後刺殺安徽巡撫恩銘的徐錫麟。起義四個小時後被鎮壓，徐錫麟第二天被殺，心肝被恩銘的衛兵炒了吃了。

周作人筆下的日本是：「這印象很是平常，可是也很深，因為我在這以後五十年來一直沒有甚麼變更或是修正。簡單的一句，是在它生活上的愛好天然，與崇尚簡素。」我看過很多說日本文化的書，周作人這句似乎平淡無奇的話總結得最好。

儘管周作人非常了解日本，他還是有巨大的疑問：「日本人愛美，這在文學藝術以及衣食住種種形式上都可看出，不知道為甚麼在對中國的行動卻顯得那麼不怕醜。日本人又是很巧的，工藝美術都可作證，行動上卻又是那麼拙。日本人愛潔淨，到處澡堂為別國所無，但是行動上又那麼髒，有時候卑劣得叫人惡心。」

周作人筆下的北京是：公開表演的京戲還有嚴重淫褻成份，「我記不清是在中和園或廣德樓的哪一處了，也記不得戲名，可是彷彿是一齣《水滸》裏的偷情戲吧，台上掛起帳子來，帳子亂動着，而且裏面伸出一條白腿來，還有一場是丫環伴送小姐去會情人，自己在窗外竊聽，一面實行着自慰。」

生活和工作過的地方遍及北京的東南西北：宣武的補樹書屋，後海附近的八道灣胡同，西城的磚塔胡同，城中心的沙灘，崇文門內的盔甲廠，海淀的勺園。往來的北京文化人裏星光燦爛：陳獨秀、胡適、李大釗、劉半農、錢玄同、陶孟和等等。有超級自負的，在師範大學教大一國文，第一篇選的是韓愈的

《進學解》，從第二篇到最後一篇選的都是自己的文章。也有愛招搖的，洋車上裝四盞燈，在那時的北京沒有第二輛，如果路上遇到四盞燈的洋車，就是這個人正在開心地前往「八大胡同」的路上。這些人也先後死去，「中年之後喪朋友是很可悲的事，有如古書，少一部就少一部。」老朋友死了，周作人常送輓聯，他的輓聯比他的詩寫得好。

周作人筆下的民國物價是：一九三一年翻譯了四萬字古希臘文，編譯委員會主任胡適給了四百塊翻譯費，「花了三百六十元買得北京西郊板井村的一塊墳地，只有二畝地卻帶着三間房屋，後來房子倒塌了，墳地至今還在，先後埋葬了我的末女若子，侄兒豐三，和我的母親。這是我的學希臘文的好紀念了。」

其實，周作人對寫作的意義和方式是有深入思考的，不是為了瑣屑而瑣屑、為了平而平、為了淡而淡。比如談寫作的對象，「我不信世上有一部經典，可以千百年來當人類的教訓的，只有記載生物的生活現象的學問，才可供我們的參考，定人類行為的標準。」比如談寫作風格，「我寫文章平常所最為羨慕的有兩派，其一是平淡自然，一點都沒有做作，説得恰到好處，其二是深刻潑辣，抓到事件的核心，彷彿把指甲狠狠地掐進肉裏去。」周作人寫的那些花花草草、杯杯盞盞倒是從一個側面構成了中國真實的二十世紀上半截，至少是一個有知識、有見識、有趣味的人提示的一個明確的角度。我一直懷疑所有新聞和歷史著作的真實性，因為它們和權力離得太近、受寫作者的

主觀影響太大。我更願意相信文學的真實，它畢竟是一個心靈竭盡心力的對於世界的描述，多看幾個、幾十個、幾百個，這個世界就逐漸豐富和真實了。唐有詩，宋有詞，元有曲，明有《金瓶梅》《肉蒲團》，清有《紅樓夢》，民國幸虧有他的雜文、老舍的小説和《圍城》，解放初和文革幸虧有王小波、阿城的小説和《洗澡》，否則真不太容易知道那時候的日子是怎麼過的。

可惜的是，一九四九年之後到去世之前，周作人以翻譯和回憶為主，很少寫眼前的社會和生活了，否則真值得好好看看。

9

周作人是一個閒不住的人。

周作人在亂世八十二年，前半生著述不斷，結集近四十種。後半生翻譯不斷，出版近二十餘種，以一己之力，構築了日本古典文學和古希臘文學的中文翻譯基礎。

10

周作人是一個死因不明的人。

我沒查到周作人到底是怎麼死的，查到了他死前的一些事實，羅列如下：「一九六六年五月，文革開始。一九六六年六月，人民文學出版社不再給周作人預付稿費。一九六六年八月二日，周作人被紅衛兵查封了家，並遭到皮帶、棍子毆打。其後周作人兩次寫了短文讓兒媳交給當地派出所，以求服用安眠

藥安樂死,無音信。一九六七年五月六日,去世,享年八十二歲。」

我聽說,經歷過文革的大文人無一例外都不願意出全集,因為他們無一例外都在文革期間發表了一些底褲全無的文字。周作人或許是唯一的例外。

「月夜看燈才一夢,雨窗欹枕更何人?」

把美一點點找回來

　　聽說，唐宋的中國依稀在日本，明代的中國依稀在韓國，清代的中國依稀在香港，現在的中國在現在的中國。可是，從審美上講，我們的現在中國和舊時中國的關係是甚麼？

　　不用聽說，我感覺得到。我們的現在中國的知識教育遠遠強於技能教育，工科教育遠遠強於理科教育，理科教育遠遠強於文科教育，文科教育遠遠強於常識教育，常識教育遠遠強於美學教育。我們只認得獎、出名、掙錢等等成功的硬指標，不理解拿瓶啤酒坐在操場邊上看半小時夕陽等等每天做一件讓自己開心的事兒也是成功不可或缺的組成部份。

　　如今的審美一塌糊塗。站在任何一個城市中心廣場，放眼四望，你就知道我們的審美差到了甚麼程度。如果我們的局級幹部能背一百首唐詩，能寫蔡襄、米芾那樣的行草，能常去博物館逛逛，我們的建築絕不會如此難看。

　　公元一二七九年，宋和元之間最後一場有規模的戰爭發生在廣東南部崖山邊的海上。宋軍在海上「棋結巨艦千餘艘，貫以大索，四周起樓棚如城堞」。

整個兒中國，能縱馬而至的地上的宋城都是大元的了，最後一座宋城在海上搖晃。宋代最後一個皇帝趙昺在過去的歲月中習慣了逆來順受、無常是常，在此城中不知道該想甚麼或者不想甚麼，百無聊賴，所以決定一動不動。宋兵統帥張世傑手上最後一點精銳的宋兵也疲憊得一動不動了，連投降的心思都沒力氣動了。一城、一城丟到最後這一城，士兵們暗暗期待着砍過自己脖頸的清涼的蒙古刀，痛快地了斷比持續的失敗和逃亡似乎更痛快。

　　張世傑早上還是自己弄茶給自己喝，多年的習慣了。多年下來，一直用的建窯兔毫盞也成了清早雙手觸覺的必須。宋徽宗趙佶説，盞色貴青黑，玉毫條達者為上。張世傑花了很多功夫按從前聖上定的標準找這隻盞，找到之後就沒離過身邊，摸的時間長了，盞的外側遠遠看去蒙了一層幽幽的寶光。最後的城沒了，茶也就沒得喝了，這隻盞會去哪裏？投降也改變不了甚麼，城外的蒙古人不是喝茶的人，他們天天喝奶，他們只有名字，大鵬鳥啊、花朵啊、彩虹啊、老虎啊，沒有姓氏。

　　第一把蒙古刀伸進艙門之前，陸秀夫背着趙昺跳了海。楊太后説，就是為了這姓趙的一塊肉才熬到如今，如今肉沒了，我也跳海。城破，一座空空的死城。城破之後七日，海上十萬浮屍。

　　日本的建盞價格漲了五倍。元世祖忽必烈趕製了七千戰艦征日本，海上起颶風，戰艦皆沒。日本稱這次颶風為「神風」。

　　後世中國政客評價崖山之戰：「宋朝官兵為甚麼不去海南？

不去台灣？跳海姿勢優美，然並卵。」

後世中國文人評價崖山之戰：「崖山之後無中國。」

有個問題，我心裏想了很久：秦漢以後，為甚麼我們的管理模式如此根深蒂固，任何變化似乎只是輪迴中的波峰或是波谷，而審美卻被破壞得七零八落？

簡單提煉答案：唐宋之間有個巨大的轉折點。陸地文明的頂點是大唐，大唐是那時候的世界中心，萬邦來朝，開放從容，從李杜等等詩人的詩歌裏就能清晰感到。絲綢之路斷絕，宋代開始內斂，開始向南發展，開海運，埋頭掙錢。那時候，如果能用錢擺平的事就用錢擺平，不必要動刀動槍，所以僱人打仗，所以給北方的蠻族歲供金帛，反正交給蠻族的錢還能通過茶、瓷、絲、香等等國際貿易再掙回來。宋朝錢多了，有錢人多了，講究審美的人也就多了。宋代的審美深入尋常百姓家，唐代的文化集中在王謝堂前。但是，北方的蠻族也覺得西湖好、江南女子美麗，反正江南男子又不禁打，就打過來了，就反覆打過來了。中國之美從宋朝達到的頂點反覆跌落再試圖爬起，多次斷裂。

日本是島國，四面環海，在工業革命之前，很難有外族入侵。日本物產有限，習慣性地珍惜物力和人工，代表更高級審美的器物從中國和朝鮮進入日本，被很好地崇敬和珍惜，世代相傳。馬達加斯加島保留了很多古代的物種，日本保留了很多古代中國的文化，與之類似。

剩下一個問題，我至今沒想明白：我們如何把崖山之前的中國之美一點點收拾回來？

我為甚麼寫作？

　　似乎每個作者寫了二十年之後，總會被問或者捫心自問：「你為甚麼寫作？」

　　寫作不是一個自然而然的事兒，相反，不寫是個自然而然的事兒。自然界裏，除了人類，沒有其他生物寫作。草和花兒只是努力生長、盡量茂盛，沒有一朵花兒學會了説謊，「有了綠草，大地變得挺騷。」食草動物只是努力奔跑，食肉動物總是掙扎着吃飽。甚至神都不寫作，佛拈花微笑，把領悟寫在水面和夢中，神把教義寫在聖母瑪利亞的耳朵裏。自然界裏，只有人類，發明了文字，妄圖通過文字，把領會到的奧義一代一代傳下去，撅着屁股用手臂的小肌肉寫了一行又一行，常常忽略了新綠的大地變得真的挺騷。

　　我也不例外，最近常常被問到「你為甚麼寫作？」簡單回答：為了度己和度人。看到聽者眼中一片茫然，換種説法：為了自己爽和別人爽。看到聽者眼中一片狐疑，於是還是展開説説我為甚麼寫作。

　　第一，為了消除腫脹。生物在生命週期的某個階段，總難免腫脹——玉蘭綻放之前、柳樹泛黃之前、楊花翻滾之前、公

182

貓撲倒母貓之前。上個世紀八十年代，我上高中，這種腫脹最明顯。對世界似乎總有很多感悟，但是總不確定，總想表達。夕陽西下，葉片半透明的脈絡，天上半透明的雲彩，女生半透明的裙子，《史記》裏半透明的人性。海明威説：寫完了，就完了，就跑了，就不見了。我當時很認同，寫完了，腫脹就消除了，和我無關了，彷彿擠掉了臉上一個皰，即使留下痕跡，時間長了，痕跡也會變得很淡。

第二，為了與眾不同。我在高二身高長到了一米八，但是班上有十個男生一米八以上。我上了協和，那時候，協和一年只招三十個，但是活着的協和畢業的還是有好幾百個。我專業練過一個月乒乓球，正手攻球像模像樣，但是有一千個以上的專業選手能一局讓我贏不到三個球以上。於是我在高中時開始寫長篇小説，寫了十三萬字，基本完整。我想，整個中學，應該沒有另一個和我一樣變態的吧？

第三，為了泡妞。我很早意識到我骨子裏熱愛婦女，但是作為一個理科男，無論從常識還是邏輯，我無法理解為甚麼婦女會對我感興趣。沒錢，沒身材，沒長相，沒房，沒車，沒耐心，沒時間。在大學裏，和一個超級文藝的師姐泡過很久。兩人總是吵架，偶爾吵到讓我覺得人類基因底層架構真的有嚴重問題，似乎是為了原始社會設計的，完全不適應社會主義市場經濟。現在記不得當初任何一次吵架的緣由，只記得我問過師姐，能不能不吵了？師姐説，如果你寫的東西能在《收穫》或者《人民文學》上發表，就不和你吵了，你説啥就是啥。我於是發現，婦

女是能被文字蠱惑的，「姐姐，今夜我不思考人類，我只想你」。

第四，為了打發無聊。醫學院畢業後去了美國學 MBA，暑期在一個醫療器械公司打工掙第二學年的生活費。九點上班，十點半之前一天的活兒就幹完了，為數不多的幾個中英文網站也逛膩了，實在無聊，開始重新寫小說。

第五，為了不瘋掉。在麥肯錫工作的小十年，每週平均工作八十個小時以上，感覺自己是個腦力勞動機器，時間變得稀薄，一陣恍惚就是一年。我想讓時間慢下來，每個假期哪兒也不去，看窗外的四季變化，在窗子裏思念過去，把文字排列整齊。空不是空，以為過去了的所有戀愛，其實都在某個腦迴路裏，按對了播放鍵，聲音就會響起，味道就會瀰漫。色就是色，慾望像一條條由鮮魚變成的鹹魚，吊在路旁某個屋檐下，隨風搖曳，不隨秋葉零落。如此，三年一部長篇，不急不慢，不跑不停，不吃藥也能戰勝抑鬱。

第六，為了追求牛逼。在麥肯錫幹了小十年之後，轉去客戶那邊上班。一天長會，一頓大酒，兩天長會，兩頓大酒，三天長會，三頓大酒。大酒之後，騰雲駕霧回住處，飛又怕冷，睡又怕夢，打開電腦，碼字，醒酒。這樣蘸着酒寫完了《不二》，二〇一一年在香港出版，很快佔領着書店排行榜，和很多政治書排在一起。二〇一六年，五年過去了，《不二》還佔領着書店排行榜，還和很多政治書排在一起，不同的是，政治書的封面、主人公和主題都變得面目全非。我在二〇一四年下半年花了三個月翻譯了《飛鳥集》，二〇一五年六月出版，

二〇一五年十二月被勒令下架。一片罵聲中一個不太熟的人發來一個微信：「自君翻譯，舉國震動。人生榮耀，莫過於此。」

第七，為了修煉智慧。別人總覺得我分裂，一直做着一個需要全身心投入的工作，還不放棄寫作；寫作寫出了名頭，還不放棄全職工作，不去全身心追求理想、打造自己的文字江山。我倒是覺得我有我的內在邏輯。我經歷、我理解、我表達，表達的時候，把經歷過的日子再過一遍，沉澱下來的就是比金子還難得的見識。我也習慣了壓榨自己，在忙碌的全職工作之餘不停地寫，源頭有活水，山澗間的山泉就不停地流。

第八，為了對抗愚昧。讀《資治通鑒》的時候，我不明白，為甚麼人類總是這麼愚昧，儘管書裏已經說得這麼清楚，現實中還是不停循環、一錯再錯，「至今思項羽，不肯過江東」。《飛鳥集》噪音最盛的時候，我親歷了烏合之眾的狹隘，要麼人云亦云，要麼借機洩憤，要麼美感嚴重缺乏，要麼對寬容和多元沒有一點敬畏。我感到了寫作的責任，哪怕多寫一篇雜文、一首詩、一部小說，哪怕多一個讀者多了一點獨立思考的意識，也是福德多。

第九，為了補貼家用。寫嚴肅文學還能掙錢，多掙一元錢，也是歡喜不盡。

第十，為了不朽。我知道不朽是徹頭徹尾的妄念，但是想到百年後還有馮唐文集二十卷在殘存的書店裏銷售，想到提及愛情動作文學時總避不開《肉蒲團》《金瓶梅》和《不二》，我的心就開出了花兒。

呵呵。

想起三十五歲的作家馮唐， 還是真他媽的難過啊

馮唐年輕氣盛。馮唐說他要用文字打敗時間。馮唐說他欠老天十部長篇小說。三十五歲之前，他在廁上、車上、飛機上，會後、酒後、瑣事後，奮不顧身地擠出一切時間，寫完了四部長篇小說。寫出的小說出版之後再版，二〇一五年，書商又要出一套新版，讓四十三歲的馮唐寫寫三十五歲之前寫這四部長篇小說的感受。他一邊回憶那時候的寫作，一邊回憶那時候的作家馮唐。

《歡喜》起筆於一九八七年左右，結筆於一九八九年左右，從年齡上看，就是十六到十八歲。當時，寫就寫了，了無心機，現在想來，緣起有三。

第一、有閒。八七年初中畢業，保送上高中，一個暑假，無所事事。八九年的夏天，人們都去廣場了，我不太摻和不懂的事兒，於是宅在教室，把《歡喜》結尾。

第二、有心。一個是差別心。我心靈似乎發育晚，一直對世界缺乏差別心。錄音機能錄放英文就好，管它是幾百塊的「松

下」還是幾十塊的校辦廠「雲雀」牌。女生十八歲，哪有醜女？洗乾淨臉和頭髮，都和草木一樣美麗。但是十四五歲開始，心變了。幾百塊的耐克鞋明顯比幾塊錢的平底布鞋帥多了。個別女生的臉像月亮，總是在人夢裏晃。二是好奇心。好奇於這些差別是怎麼產生的，是否傻逼，如何終了。

第三，有貪。學校裏好幾個能百米跑進十二秒的，我使出逃命的力氣也就跑進十五秒。我很早就明白，我只能靠心靈吃飯。兩種心靈飯對外部條件要求最少，一支筆，一疊紙就夠了，一種是數學，一種是文學，但是數學沒有諾貝爾獎，文學有。那就文學吧。於是，就在青春期當中，寫了關於青春的《歡喜》。再看，儘管裝得厲害，但是百分之百真實，特別是那種裝的樣子。或許，也只有那個年紀，才有真正的歡喜。

《萬物生長》第一版是二〇〇一年出版，到二〇一五年，我所知道的，已經有九個版本（含法文譯本）。第一版紙書拿到手上的時候，我還不到三十歲，天真無邪地想：「我的精血耗盡了吧，寫得這麼苦？」結果沒有。爹娘給了好基因，大醉一場，大睡三天，又開始笑嘻嘻地一週幹八十小時去了。我還想：「我該名滿天下了吧，寫得這麼好？」結果也沒有。我又想：「我可以全身心投入到社會主義建設中去了吧，該寫的都寫了？」結果又沒有。之後十年，每週八十小時地投身社會主義建設的同時，又寫了《萬物生長》的前傳《十八歲給我一個姑娘》和

後傳《北京，北京》，我摸摸心胸，似乎腫脹尚未全消。

　　《十八歲給我一個姑娘》講述八五年至九〇年的北京，一些少年從十四長到十九歲。那時候，三環路還在邊建邊用，三里屯基本沒有酒吧，這些少年基本還是處男。那時候，外部吞噬時間、激發仇恨的東西還少，互聯網和手機在日常生活中幾乎不存在，電腦室要換了拖鞋才能進去，年齡相近的人掙數目相近的錢，都覺得挺公平。那時候，流鼻涕的童年已經相當久遠，需要工作、掙錢的日子似乎永遠不會到來。身體高速發育，晚上做夢，雞雞硬的頻率明顯升高，月光之下，內心一片茫然。這種內外環境下，人容易通靈。

　　兩個印象最深的瞬間。一個瞬間是：初夏的下午，太陽將落，坐在操場跑道邊的磚頭上，一本小說在眼前從銀白變成金黃，一個女生從西邊走過來，白裙子金黃透明，風把楊樹一半的葉子翻過來，金白耀眼。另一個瞬間是：深秋的傍晚，葉子落得差不多了，剛跑完一個一千五百米，四個人坐在三里屯路口的馬路牙子上，一人一瓶啤酒，喝一口，呆一陣，指點一下街上走過的特別難看的男人和特別好看的姑娘，心裏想，這些好看的姑娘晚上都睡在哪張床上啊？小說第一版是二〇〇三年出的。出版之後，在上海書城做了第一場簽售。來了四個讀者，其中一個，白裙子，送了一大捧白色玫瑰花，花比人還大，字也沒要簽，放下花，說了一句「謝謝你的書」，就走了。

　　這四個讀者和一捧花堅定了我的文學理想，改變了我對上

188

海女生的看法。從那時起，一直心存感激。

　　無論從寫作時間、出版時間還是故事發生時間看，《北京，北京》都是北京三部曲的最後一部。這一部講的是妄念。妄念的產生、表現、處理、結果。

　　我後來是這樣定義妄念的：「如果你有一個期望，長年揮之不去，而且需要別人來滿足，這個期望就是妄念。」

　　故事發生在一九九五至二〇〇〇之間，裏面的年輕人在二十四五到三十歲之間。那時候，整天泡在東單和王府井之間的協和醫學院，整天見各種人的生老病死以及自己的妄念如野草無邊，整天想，人他媽的到底是個甚麼東西啊？到了畢業之時也沒有答案。

　　青春已殘，處男不再，妄念來自三個主要問題：一、幹啥？這副皮囊幹些甚麼養家餬口，如何找個安身立命的地方？二、睡誰？踩着我的心弦讓我的雞雞硬起來的女神們啊，哪個可以長期睡在一起？人家樂意不樂意啊？不樂意又怎麼辦？三、待哪兒？中國？美國？先去美國，再回來？北京？上海？香港？

　　那時候，我給的答案是：寧世從商，睡最不愛挑我毛病的女人，先去美國再回北京。現在如果讓我重答，答案可能不完全一樣。想起蘇軾的幾句詩：

　　　　廬山煙雨浙江潮，

　　　　未到千般恨不消。

及至到來無一事，

廬山煙雨浙江潮。

「吃過了」和「沒吃呢」的心境很難一樣，所以現在重答沒有意義。

三十五歲之後，這四部長篇小説之後，我又寫了兩部長篇小説。年輕氣盛時候的腫脹似乎消了，又似乎以另外一種形式在另一個空間存在，累慘了，喝多了，會不由自主地冒出來，讓我在睡夢裏哭醒，聽見有人唱：「事情過去好久了，話也沒啥可説的了，但是有時想起你，還是真他媽的難過啊。」

出門看場電影

　　我很少看電影，從來不看電視。不是說電影和電視不好看，恰恰相反，我覺得電影和電視太好看了，我一看就陷進去，一陷進去就是一兩天。我沒那麼多時間，要讀書、要行路、要做事，負擔不起這種沉溺，不敢這樣陷進去。所以，我住的地方從來不放電視機，我進酒店房間第一件事就是關掉電視。

　　二〇一五年暮春，我的第一部電影《萬物生長》公映了。這個電影的拍攝和宣發讓我改變了對於影視的看法，以後要多出出門，拉着老夥伴兒和小夥伴兒去看場電影。

　　《萬物生長》是我出版的第一部長篇小說。一九九九年，我在美國學商，暑期實習時窮極無聊，大塊大塊的時間攤在美國東北部完善的體制機制下，青春時代的腫脹和無奈沉渣泛起，在腦海裏久久不散。海明威講過寫作的一個巨大用途：When it is written, it is gone。寫下來，就過去了。我想，寫個長篇小說吧，把這些青春時代的腫脹留給已經逝去的青春，然後我就可以專心致志吃喝嫖賭、經世濟民了。我用了沒日沒夜的十五天寫完了《萬物生長》，凌晨一點，敲完最後一句「我是你大爺」，

油盡燈枯，轟然倒下，蒙頭睡去。在睡去之前，用最後一點氣力，把電子文稿發給了我醫學院同宿舍的張煒。張煒那時候正在哈佛讀公共衛生的博士，在協和的時候，他在我下鋪住了五年。我在上鋪一動，就有蟑螂的分泌物和身體零件散落到張煒身上。他說，有一次一隻完整的蟑螂屍體準確地落進了他在睡夢中張開的嘴裏。

凌晨七點，我的手機響起，是張煒。他說連夜把《萬物生長》看了，忍了一個小時，最後還是沒忍住，給我打了電話。他說書裏的一切似乎都是編的，但是總體是如此真實；再過十五年，把這本書給小師弟小師妹們看；再過二十五年，把這本書給兒子女兒們看，坦誠告訴他們，我們這些人曾經不堪如此。電話裏我簡單說了聲謝謝，心裏一顆心放下了，我的努力沒有白費，這個小說具備了它最重要的價值：挖掘人性，還原真實。

《萬物生長》是我原著改編的第一個電影。二〇一四年暮春，李玉導演要了《萬物生長》小說的電影改編權，問我對這個電影有甚麼要求。我認真想了想，說，電影首先是導演的，原作者最多提期望。然後我提了三點期望。

第一、拍出幻滅。《萬物生長》裏這些頂尖醫學院裏的醫科學生是有崇高理想的，他們盡全力讀書、修煉，為了能在專門領域成為頂尖專家，為了能有自信說他們是死亡面前最後一道屏障。這種充滿理想主義的學霸儘管讓很多人覺得裝逼，就像金線理論讓很多人覺得妨礙了他們走捷徑，但是這些人得了疑難雜症還是要找有理想的學霸而不是街邊號稱一針靈的不裝

逼的老軍醫。在青春期有理想就一定有幻滅，會頭破血流，會無可奈何。儘管如此，年輕人的理想依舊是世界變得美好一點的最主要的動力。

第二、拍出人體。人體是人生來就有的器皿，給人很多愉悅，也給人很多困擾，青春期尤其如此。二十歲，女生無醜女；二十歲，男生皆緊繃。女人體，可以美如花草；男人體，也可以美如花草。女人體和男人體纏繞，也可以如雜花生樹、群鶯亂飛。

第三、拍出詩意。在如今的商業社會裏，詩歌似乎是最無用的東西，詩意似乎是裝逼中的裝逼。但是，詩歌是我們世上的鹽，詩意是我們胸肋骨下隱隱要長出來的翅膀。

以四十多歲的年齡看二十多歲時的詩意，有兩句詩反映心境。

你對我微笑不語
為這句
我等了幾個世紀

（馮唐譯泰戈爾《飛鳥集》第四十二首）

老來多健忘
唯不忘相思

（白居易〈偶作寄朗之〉）

如果《萬物生長》電影拍出了幻滅、人體和詩意，就不再是一個簡單的青春片了，就能包含古往今來無數人類的某種深深人性了。

　　二〇一五年四月，《萬物生長》電影公映。很多人問我，我給這個電影打幾分？我和這個電影的關係太密切，看了太多遍，我無法客觀打分。但是我包了五個電影廳，請我從小到大的師友、同學、小夥伴兒、老夥伴兒五百人看《萬物生長》電影，用實際行動證明我多麼喜歡這個電影。

　　在電影放映之前，我到五個電影廳串場，每場都嘮叨類似的話。我説，這次我見識了電影的力量，可以在如此短的時間內將如此濃重的情感注入那麼多人的心裏。在這個移動互聯無處不在的時代，我們要有意識地少盯着手機看，我們要多出門和夥伴兒看看電影，散場後擼串、飲酒、聊天，盯着彼此的眉眼看看。看電影的時候把手機調到飛行模式，擼串飲酒聊天的時候把手機調成振動，沒電話進來就絕不碰手機。

　　所以，或當原著、或當編劇、或當導演，我要在之後的五年裏每年弄一個電影，每年包場和夥伴兒在線下好好聚聚。

血戰古人，讓世界更美好一點

二〇一五年一月二十日，朋友徐寧創業的雲圖正式發佈。用徐寧自己的話說，雲圖是基於互聯網的創造力發佈平台，服務於那些無處安放的靈感。我一邊聽徐寧講述，一邊思考我經歷中和靈感相關的那些事兒。

我在三種情景中，深刻體會到靈感的到來。

第一是寫詩。

在寫作中，寫詩是最不可控制的。如果規定一個時間、規定一個地點、規定一個題目，讓人去寫一首詩，多半寫不出，即使寫出來，多半也不是好詩。曹丕自己也是文學家，讓曹植七步成詩，體現出內行的兇殘。「煮豆燃豆萁，豆在釜中泣。本是同根生，相煎何太急？」曹植七步寫就，不知他這七步邁了多久，但至少是在一個相對短的時間內站着把詩寫了，大才。給我兩到三個小時，我能寫一篇千字雜文。給我兩到三週，我能寫一篇短篇小說。給我兩到三年，我能寫一部長篇小說。我號稱，我是個詩人。但是，給我二十年到三十年，我可能一首詩也寫不出來，碰到對了的兩到三個小時，我也可能寫出二十

到三十首詩。《馮唐詩百首》中的一小部份是在十一歲的某兩到三個小時寫完的，另外絕大部份是在我四十歲那一年寫完的，中間這三十年，我一首詩也沒寫。《馮唐詩百首》出版後，間或有人說，馮老師，我過生日，給我寫首詩吧？我說，我送你一個包吧，包治百病。

但是詩的靈感來臨的瞬間，真是美啊！彷彿一場完全沒有傷亡的地震，玻璃球一樣的月亮被震脫鑲嵌，落到地面被反覆彈起，發出清脆的聲音。彷彿一樹毫無先兆的花開，粉白的花完全不顧和葉子或者枝幹的比例任性地綻放，黑藍的鳥完全不顧花、葉子、枝幹的安靜任性地鳴叫。彷彿一次沒有過去也沒有未來的戀愛，她的衣服在一剎那消失，她的胴體發光，月亮一樣安靜，太陽一樣嘹亮，我的雞雞勃起，像花一樣粉白，像鳥一樣鳴叫。

第二是寫長篇小說。

因為從來沒有非常完整的幾個月來完成一部長篇小說，所以每個長篇我通常都會先寫個故事線。故事線大概一兩萬字，裏面有核心困擾的分解構成、主要人物的性格外貌、故事的起承轉合、主要章節的劃分擺佈等等。然後，能擠出一天、半天，我就試圖完成一章，這樣，整個長篇不會太散。我總自我暗示，我欠老天十個長篇。現在已經寫了六個，還差四個。但是我知道，如果靈感枯竭，我會停筆。感謝長生天，迄今為止，在每次擠出的一天半天中，我落在紙上的長篇章節總是比自己的腹稿要豐盈、比故事線勾勒的要詭異。我知道，這是靈感的泉水

還在流淌的明證。

第三是做商業決策。

我在管理諮詢公司被嚴格訓練的工作方式是：以假設驅動的、以事實為依據的結構化邏輯思考。兩三個月之後，當千百篇文獻被讀完、萬千個數據被挖掘、數十個訪談被整理，好的管理諮詢顧問能在腦海中出現一道閃電，剎那間照見真知灼見。十多年前做過一個血糖儀中國戰略的項目，幾十個日夜分析過後，結論在瞬間如水晶般簡潔清澈，用庸俗的語言簡潔清澈地表達就是：招二十五歲到三十五歲男性銷售代表重點做三甲醫院護士長的教育工作，提高患者測試頻率。

靈感的泉水似乎就在心智中的某處，但是，如何讓它流淌、一直流淌、越來越多地流淌？

第一、要積累。這似乎的確是老生常談，但是「水之積也不厚，其負大舟也無力」。和所有真正美好的事物一樣，靈感也沒有捷徑可走，天賦好的，的確伸手可及的幾個果子可以摘，但是即使天賦再好，不支梯子、不爬樹，也不會一直能摘到果子。具體說，寫作是閱讀的兒子。想寫好長篇小說，最好能讀夠一百部長篇小說，最好能熟讀之中的二十部。想寫好詩歌，最好能熟讀《詩經》《唐詩三百首》《宋詞三百首》，最好能背一二百首。積累越多，心智中那池水就越大，一塊石頭扔進來，濺起的漣漪就越大，產生靈感的幾率就越高。

第二、要動手。萬事開頭難，找似乎虛無縹緲的靈感尤其是。彷彿在現代化儀器全無的條件下挖礦，別想太多，憑直覺、

常識和經驗找個角度，先開始挖，堅持一陣，就有機會挖到礦藏，不能保證百分之百成功，但是至少比不動手挖的成功機會要大很多。寫作的第一秘訣是盡快開頭，第二秘訣是建立屁股和椅子的友誼，第三秘訣是必須結尾。

第三、要碰撞。多看看今人和古人用同樣的材質或者完全不同的材質如何表述你現在正要表述的這個困擾或者美好，多和其他從事類似創造活動的人聊聊創造活動中的狂喜或者沮喪，吃牛肉不會變成牛，只會讓心智更強壯，在靈感領域，一加一往往遠遠大於二。在寫長篇小說的時候找幾本風格有借鑒作用的長篇小說在手邊，每次寫之前翻翻，每次寫得不順的時候翻翻，起興，彷彿房事前瀏覽幾部東瀛 AV。

第四、要飲酒。飲酒到微醺，臉紅脖子粗，腳下多了一截彈簧，整個人一蹦一跳，似乎手不抓牢欄杆，身體就隨着靈魂飛離地面。如果靈感是湖，酒精就是流向湖的隱秘河道。如果靈感是礦，酒精就是某種強力鑽頭。

往小裏説，靈感至少讓個體超越自己，創造出自己原來似乎沒有的美好。往大裏説，靈感讓人類超越現存，創造出自然界原來沒有的美好。個體在特定的領域裏不停地超越自己、超越活人、超越古人，在這個領域開宗立派。多個個體在多個領域裏做到超越古人，我們就有了一個古往今來從未有過的美妙新世界。

願長生天保佑，我和靈感常常遇見。

佛界易入，魔界難入

　　像我們這樣正常的、嚴謹的、遵紀守法的、不過早失身的、有人生目標的、隨時收拾周圍的、常做戰略檢討的、照顧好其他人的、順從四季輪迴的、每天查看黃曆農曆天氣預報的、不違背醫囑和父母師長的、敬畏星空和道德律的人類，午夜夢迴時，一聲長嘆，似乎我們已經在成佛的路上走了很久，似乎我們又總覺着活得真是他媽的累啊。

　　更賤的是，似乎我們在這種累身和累心的狀態中汲取力量和快感：我們每天都在進步，我們得到越來越多的讚揚和獎勵，我們感覺自己越來越強大。

　　其實，我們正在一天一天、一點一點把自己變成一個正在小火不停加熱的沒有出氣閥的高壓鍋。在我們成佛之前，這個高壓鍋有可能會爆，會飛上天。

　　首先，人的基因給人無數桎梏，相互制衡、糾纏、羈絆。真正能掙脫這些桎梏、獲得身心靈大和諧的概率無限趨近於零。簡單地説，佛成佛之後，一切學佛的人都是成不了佛的。我親身經歷過那個大將軍和玉杯的公案故事。我拿了放大鏡在

燈下看一個西漢的玉劍璏，一端平面陰刻饕餮紋，另一端高浮雕螭龍紋。一個手滑，玉劍璏跌下。我下意識地等待那玉碎的一陣響動，沒有，地板上竟然有一疊報紙；我下意識地撿起，拿放大鏡看有否裂痕，沒有。但是，我的手一直在抖，冷汗一直在頸後流淌。按照公案裏大將軍的領悟，我應該立刻找個堅硬的地板摔碎這個玉劍璏，擺脫人性的桎梏，我還是很仔細地把它包好，心裏很慶幸沒有任何肉眼可見的破損。

其次，沒有出氣閥的蒸汽鍋會爆掉的。就算地球，也會有火山爆發。就算四季，也會一兩天風狂雨狂。人沒有地球結實，沒有分明的四季，如果沒有閥，人會生癌、心梗、腦溢血、患免疫系統疾病。概率告訴我們，成聖的時代早已過去，所有我們這種俗漢類高壓鍋，再修行也不會生出翅膀飛上天變成神仙，如果沒有出氣閥，我們只能自己引爆自己，完成最後一次也是唯一一次飛行。在我漫長的成長過程中，我長久地擔心我老媽會不會因為欲望太多、太強烈而爆掉，然而並沒有。六十歲之前，她發洩的方式是飲酒，然後唱歌。六十歲之後，不敢喝酒了，她發洩的方式是罵街，然後唱歌。她現在八十歲了，氣血比我們這幾個孩子都旺很多。

再次，想裝個出氣閥比我們想像的難得多。習慣性做好學生的人，以為做個壞學生就像坐個滑梯順坡兒下驢一樣容易，多數人嘗試又嘗試會發現，一個好學生做一個壞學生比一個好學生一直做一個好學生要難多了。我老哥在我小時候是混街頭的，他天生眼神兒睥睨震懾，我小時候悶頭讀聖賢書，他總是

號稱罩着我。有好幾次，我老哥把我從書桌旁拎起來，領到某個二逼面前，眼神兒盯着那個二逼，問我「你想不想抽他」，我實在想不出要抽他的理由，我老哥長嘆一聲，一臉恨鐵不成鋼的表情，然後就放那個二逼走了。

我儘管五音缺三，但是喝高了到KTV在麥霸中間也想唱一下找一下存在感。我只會唱三首歌，一首是陳升的《北京一夜》，反正我唱京劇，非北京土著也聽不太明白；一首是宋冬野的《萬物生長》，反正我作的歌詞，我唱錯了也沒人糾正；還有一首是左小祖咒的《野合萬事興》，反正我毫無音準，這首歌似乎也不需要音準，沒人知道我是唱對了還是錯了。我把我的三首歌經驗告訴左小祖咒的時候，他已經喝多了，嚴肅地對我説：「不是這樣的。我一聽就能聽出來。你五音缺三唱不對我的歌，你要五音缺五個才行，而且每個音缺半個音才行。」然後他由此説開去，説個不停。他説，一些貌似容易的事兒其實是實在的創新，其實非常難，比如「為無名山增高一米」那個行為藝術，最初版本是十個裸體的人，按照3、2、2、2、1的個數疊成五層，他是十個裸人中的一個，後來，他做了一個豬版的「為無名山增高一米」，很多人都説他缺乏新意，「可是，你知道把十頭豬弄到山上、讓它們疊成五層有多難嗎？比十個裸人難太多了！」

落到毛筆字也一樣，我在四十五歲的高齡開始臨《禮器碑》，有個老弟在旁邊説：「看看就得了，不要臨。字寫得漂亮的人太多了，萬一你寫得漂亮了，再寫醜就太難了，你就不

是你了，老天給你手上的那一丁丁點獨特的東西都沒了。」我開始不信，找了兩個寫字有幼功的朋友試試寫醜，兩個人都失敗了，還都是寫得和字帖一樣。我漸漸意識到，學壞、走調、寫醜，其實和女生自拍不用修圖軟件、出門不化妝一樣艱難。

　　佛界易入，魔界難入。佛界和魔界都入入，人更知道甚麼是佛、甚麼是魔，人更容易平衡一點，在世上能走得更遠點兒。一週裏，從週一到週六，走走佛界，週日睡個懶覺兒，走走魔界。一年裏，日常走走佛界，假期買機票就走，走走魔界。

天用雲作字

　　長期以來，對於我來說，寫毛筆字這件事一直不算個事兒，從來沒佔過我的大腦內存，沒上過我的心，直到我參加了平生第一次書畫展。

　　我幾乎忘了最初是如何學習寫字的了。老哥提醒我，上小學前是抄《人民日報》，抄《人民日報》上的「毛主席語錄」，練的是人民日報體。他自己也是這麼練的，練得比我好多了，字寫小點，用的紙黃點，寫出來和人民日報一模一樣。「毛主席語錄」抄多了，他張口就是毛主席的話，一副常人絕不能反駁的腔調。小學一年級到三年級，學校提倡培養一些業餘愛好，比如毛筆字。臨帖有兩個選擇，可以學柳公權，可以學顏真卿，我選了顏真卿。我小時候特別瘦，我很想變胖點兒，儘管柳公權的字似乎更好看，每個字都似乎有掐腰，旗袍似的，但是顏真卿的字壯碩，我想，沒準兒臨着臨着，字如其人，人如其字，我就寫成了一個肉乎乎的胖子。

　　臨了三年顏字之後，我並沒變成個胖子，也就沒了堅持再臨下去的動力。我想多點時間讀雜書，硬筆帶着、用着也的確

比毛筆方便。在之後的接近四十年，我手邊一直有一支鋼筆和一個筆記本，腦子裏一有些揮之不去的古怪想法，就記下來；老師要考甚麼，就記下來；參加工作後，開會、訪談、討論，有要點，就記下來。好記性不如爛筆頭，用筆記下來，用手寫下來，似乎就永遠是自己的了，帶着那些剎那的溫度和味道，再也不可能忘記。這小四十年下來，記滿字的本子也堆了半個書架，多次搬家，一本也捨不得丟。

　　寫這些筆記時，完全無心，一點沒想過：寫得好看還是難看？寫得有多好看？有多難看？寫得怎麼好看？怎麼難看？寫字就是為了記錄，就是因為方便，就是寫習慣了。大概在三十歲前後，我在麥肯錫工作了一段時間，有一次筆記本丟了，急出一身冷汗，比電腦筆記本丟了着急多了。很快，一個同事把筆記本還了回來，她說整個公司似乎都在用一個牌子一個大小的筆記本，一不注意就拿錯了，但是一看本子裏的字跡，就知道是我的。我現在想起來，應該是在這前後，我寫字形成了自己的風格，有了很強的辨識度。應該也是在這前後，開始隔三岔五有人說我寫的字好看，女生居多。我想，是不是這些女生不好意思說我長得好看而只好意思誇我字好看？我和團隊裏的男生就這個問題交流了一下，男生們一直認為，我想多了。

　　二〇一五年底，我第一次去日本，在東京銀座晃悠，進了一家叫鳩居堂的文具店，一層掛了一塊牌匾，非常實在地誇自己：筆墨紙硯皆極精良。我寫毛筆字的過去像是一個隱疾被擊中，在鳩居堂的二層買了大大小小五六支筆、兩小塊墨、一點

紙，沒買硯台。我住處有幾方唐宋的素硯，買了有一陣了，正好拿出來用。二〇一六年一年，慢慢恢復了隔兩三天寫一個小時毛筆字的習慣。因為總有人要買簽名書，每週總要簽上百本，索性練字，簽了成千上萬個「馮唐」之後，對於從鳩居堂買來的毛筆特性越來越熟悉。買了一些《居延漢簡》《禮器碑》《史晨碑》，也買了蘇黃米蔡，看得多，臨得少。中國航班準點率低得可憐，在機場等飛機心煩氣躁，看不下去太深的東西，泡杯好茶，看看碑帖，整個人稍稍好一點。

二〇一七年，兩個美女朋友籌辦一個叫「夢筆生花」的文人書畫展，據說是近年來規模最大的文人書畫展，非說我寫的毛筆字好看，堅持要求我也給兩幅作品。我對我的毛筆字毫無信心，總擔心在寫毛筆字上我欺世盜名，再次和這兩個朋友明確，她們不是覺得我長得好而是確實覺得我字寫得好，秉着一個玩兒的心態，送了兩幅字，一幅是四尺大字「觀花止」，一幅是半尺小字，抄了三首新詩集《不三》裏的短歌。

開幕那天，和邱志傑、李敬澤、歐陽江河、張大春做了關於書法的對談，主持人問了三個核心問題：第一、為甚麼寫書法？第二、文人字是甚麼？第三、怎麼寫？

前輩們說得高深，從二王體系講到文革寫標語，從文人基因裏不得不犯的寫字病到美學的傳承。我沒系統研究和思考，只好實話實說。我寫毛筆字很大程度上是為了醒酒。喝多了，又沒有喝到爛醉的時候，睡不着，想幹點甚麼。有一件事千萬不要做，就是碰手機，不然會做出一些第二天早上想抽自己的

事。直接躺床上又不舒服，看書眼睛又花，跑步又容易受傷，這時候寫毛筆字真是特別好的解脫方式。酒氣衝破神經、肌肉系統中的一些桎梏，偶爾讓眼裏有神、手裏有鬼，寫出些沒酒時寫不出來的字。

至於文人字，我的理解是：「文」，是寫的內容。中文被創造被使用了三千年，中文內容有直指人心的能量。一些詞句被毛筆字單獨拎出來，生動異常。有次過生日，有朋友送了我一個內褲，上面手寫漢字「舊日時光曾被梨花照」，這個內褲我穿了很久。第一次去台北，開完會已經很晚了，忽然看見遠遠寫着兩個簡單的毛筆大字，「酒窩」，覺得很溫暖，心裏一動，就過去喝了一杯。

「人」，是寫字的人。字因人傳，有不公平的地方。很多文人字，如果不是這些人的名聲，一定不會流傳得這麼廣，一定不會這麼貴，比如蘇軾，比如曾國藩，比如康有為，其實，他們用的文房古董也一樣。字因人傳，也有很公平的地方。這些名人寫這些字的時候，帶着他們自己一身一生的修為、見識、品行、事功、道德文章的力量，觀者見字，也能或多或少地感到這些非文字本身的力量。

「字」，是字本身的筆法、結體、章法之美。至於有些筆法、結體、章法有多美，我可以舉出不少例子；到底為甚麼就是美、就是對，我總結不出明確的規律。我能明確的是，書法不只是二王體系，如果筆法、結體、章法有明確的辨識度，寫出來有人認、有人喜歡，這些書法就有明確的存在價值。

兩週前，我去了一趟海南石梅灣，睡覺時沒拉窗簾，第二天被猛光照醒，窗外藍海碧空，大朵大朵的雲彩以不可思議的妙曼的筆法、結體、章法鋪滿了整個天空，隨着時間流淌，緩緩變化。我想：「最初的書法大師臨誰的帖呢？」

　　在海南，在此刻，天用雲作字。

　　在未來某處，在未來某刻，天也用我作字，用我的手蘸着墨作字。

www.cosmosbooks.com.hk

書　　名	如何避免成為一個油膩的中年猥瑣男？
作　　者	馮　唐
責任編輯	陳幹持
美術編輯	郭志民
出　　版	天地圖書有限公司
	香港皇后大道東109-115號
	智群商業中心15字樓（總寫字樓）
	電話：2528 3671　傳真：2865 2609
	香港灣仔莊士敦道30號地庫／1樓（門市部）
	電話：2865 0708　傳真：2861 1541
印　　刷	亨泰印刷有限公司
	柴灣利眾街德景工業大廈10字樓
	電話：2896 3687　傳真：2558 1902
發　　行	香港聯合書刊物流有限公司
	香港新界大埔汀麗路36號中華商務印刷大廈3字樓
	電話：2150 2100　傳真：2407 3062
出版日期	2018年7月／初版